大人は愛を語れない

崎谷はるひ

幻冬舎ルチル文庫

C O N T E N T S ✦目次✦

大人は愛を語れない

✦カバーデザイン＝齊藤陽子（CoCo.Design）
✦ブックデザイン＝まるか工房

イラスト・ヤマダサクラコ✦

大人は愛を語れない

世界がまわる。

テレビや映画で転んだ人間の視界を、画像の天地がぐるぐるまわるカメラワークで表現することがあるけれど——。

（あれってけっこうリアルなんだな。ほんとにぐるぐるまわってら）

湯田直海《ゆだなおみ》は、自分でも奇妙なほど冷静に、そう思った。

衝撃を受けた瞬間は痛みなどなにも覚えず、ぽーんと自分の身体《からだ》が道路の向こうに飛ぶのをおもしろがる余裕さえあった。Ｇに逆らい浮遊する身体、内臓が驚いてしゃっくりが出そうだ。

そして、ふたたび世界がまわる。どこまでも飛べそうな錯覚はしょせん錯覚で、遊びはおしまいとばかりに、直海の身体は地面に叩《たた》きつけられた。

遅れてやってきたのは、まず聴覚。どん、という音とブレーキの音と、あわてて誰かが飛び出してくる音。周囲のざわめきに混じった、悲鳴のようなもの。

（あ。俺、車にひかれたのか）

すげえな、マジでドラマみたい。なんて考えていられたのは現実逃避かもしれない。

こめかみが、なんだか熱いのに寒気がする。血がいっぱい出ていて、わあ俺死ぬのかな、これもまた暢気《のんき》に考えたわけだったが。

「……みっ、直海！」

つきあいだけは長い飄々《ひょうひょう》としたあの男が、見たこともないくらいに真剣な顔で名前を呼ぶ。

（だから揺さぶるなって、頭打ってたらどうすんだっつの）

内心の悪態は声にならず、ぱくぱくと唇だけが動くのは、貧血のせいだろう。

「ばか、なんでこんなこと……」

なんでと言われても、目の前で状況を見ていたのはあんただろう、とも思った。

（クソオヤジ。道歩くときくらい、まっすぐ歩きやがれ）

次の悪態も声にはならず、ただ呻《うめ》きだけが漏れる。この貸しはでかいぞと睨《にら》んださきには、ものすごく焦《あせ》った宮本元《みやもとはじめ》の、世にも情けない顔がある。

性懲《しょうこ》りもなく世界を股にかけてあちこちふらふらする目の前の男は、時差ぼけのまま縁石にけっつまずいて、あろうことか道路側へと倒れそうになった。それを助けたら、直海が代わりに道路に転がって、折悪《おりあ》しく走ってきた車とどっかん、接触したわけだ。

（しまったな。ゲネプロ、どうすっかな）

今度の公演まで一ヶ月を切ったこの時期に、事故に遭《あ》うなどシャレにならない。

直海は役者だった。それも舞台が中心で、所属する劇団『ラジオゾンデ』では、一応看板の人気役者だといわれている。東京と大阪での合計二十回ぶんの公演チケットはソールドアウト、追加公演も決定したばかりだ。ダブルキャストの予定なので、どうにかフォローはできるだろうけれど、いろんなひとに迷惑をかけるなあ、と直海は死ぬほど反省した。

反省しているうちに、身体がじわじわと痛みを認識してくる。とくにひどいのが足のほうで、場所ははっきりわからないけれども、骨がぱっきりいった気がした。

身じろいだとたんに痛みが走り「う……」と呻くと、身体を支えた男がまたわめく。

「死ぬな、直海！　すぐ救急車来るからっ」

（いや、この程度じゃ、死なんとは思うんだけどさ）

幸い身体訓練も欠かしていないし、とっさに受け身はとってある。出血が多いのはこめかみをすりむいたせいだろう。吹っ飛ばされてから墜落したのが、まだ集収前の燃えるゴミのうえだったのも幸運だった。

（しかし、またゴミステーションかよ）

つくづくこの場所と怪我《けが》に縁があるらしい。十年前のクリスマス、この男との出会いも、こんなシチュエーションだった。

意識がだんだん、ぐらぐらになってきた。聴覚で拾いあげる音声が無差別なものになっていく。大通りに面しているせいか、街頭スピーカーからはクリスマスソングが流れ続ける。しかもよりによってジョン・レノンの『Happy Xmas（War Is Over）』だ。

「……曲まで、同じか」

つぶやいて、直海はくっと笑った。とたん、強打した背中のせいで咳《せき》が出る。全身に激痛が走って、そうひどくはないが楽観もできない状況にいる自分を知った。

「お、おい⁉　直海、だいじょうぶか、おい！」

怪我は、肉体的にもスケジュール的にも痛い。長年に及んでやきもきさせられた意趣返しにしては、ちょっと痛みは多すぎかなと思う——けれども。

「直海、直海、直海……」

もう直海の名前しか呼べなくなった宮本は、いつものふてぶてしさが嘘《うそ》のように青い顔をしていた。

（まあ、こんな顔が見られりゃ、いいか）

そして、おおいにおのが所行を反省しろ。

宮本と出会った十年前のクリスマスへと思いを馳《は》せつつ、直海は意識を手放した。

頭上から流れてくるジョンの声と、直海の乾いた唇はひび割れていた。

お世辞にもしゃれた街並みとはいえない、下町の、どこにでもあるような商店街。電柱にくっついた有線放送のスピーカーが、なおのことその野暮《やぼ》ったさを感じさせる。拡声器から流れるジョンの透明な歌声は、音質が悪いせいで薄っぺらく安っぽい響きだ。ラブアンドピースの精神も、イベントとして消費されながら夜空に虚《むな》しく消えていくばかり。

十二月に入ったとたん、日本中は赤と緑と金モールと電飾にまみれる。本来の宗教的な概念を無視したお祭りを楽しむ気分にはとてもなれないまま、直海は悪態をついた。

「なにがメリークリスマスだ……」

ゴミステーションに寝転がったまま、吐息だけのそれは力無かったけれど、声帯と肺を焼くような痛みにひどく咳きこむ。

とどめにはリフレインを繰り返した名曲が終わると同時に続いたのが、どこぞの幼児合唱団が舌足らずに歌う『ジングルベル』。直海は完全に不愉快になった。

(ひとがつらいってのに、暢気に歌ってんじゃねえよ)

腹のなかで毒づいた直海の耳に、音楽はときどき途絶えてまた聞こえる。それが果たして、ボロいスピーカーのせいなのか、それとも自分の耳がおかしくなってきているのか、次第に判別がつかなくなってきた。

頭がくらくらする。顔をしかめようとしただけでみしみしと頬《ほお》が軋《きし》んで、息をするのもつらい。寒気がして、身体の下に敷いているゴミネットでいいからくるまりたいと思った。けれどもう、さんざんに殴られ続けた腹には力が入らない。呼吸のたびに肺が苦しいから、肋《ろっ》骨《こっ》が少しいっている可能性もあるだろう。

「プロは容赦《ようしゃ》ねえよなあ」

直海は笑った。自分でもぎょっとするほど低くかすれた声だ。口を動かすと生ぬるい血の味がした。熱が出ているのだろう、皮膚の表面がびりびりと張りつめている。さきほどまで寒さはあまり感じなかったが、血のたまった唇を動かすと、自分の舌が恐ろしく冷たいことが気持ち悪い。

切れた口の端が痛くて、それでも顔は一発しか入れさせていないことを少しだけ自慢したいような気分だった。自慢する相手もいないのだけれど。

顔を必死に庇《かば》ったぶん、腹部や背中などを容赦なくやられ、立ちあがる気力もない。

また仮に立ちあがることができたとしても、すでに帰るあてがない。この日の夕方まで住んでいたアパートは、直海に暴力を加えた連中に追い出されてしまったからだ。

（都会って、冷たい）

余裕のない生活を送っていた自分にも、情けなくなった。こんな状態になって、頼りにするあてがひとつも思いつかないのだ。

冷えきっていた身体のせいで痛覚は麻痺《まひ》しはじめていたが、ひどい熱っぽさを感じた。

(くそ。このままじゃ、ほんとにまずい)

喉奥《のどおく》で呻き、直海はどうにか自分を奮い立たせた。みっともなく這《は》いつくばってでも、どこか寒さと夜露《よつゆ》をしのげるところへ移動しようと震える腕を地面についたのだが、殴られるだけ殴られ冷えきった身体はいうことをきかない。

「うあっ」

よろけ、立ちあがろうとしたとたん、再度ゴミステーションのネットにけっつまずいた直海は、四肢《しし》の自由がきかない状態をひどく恐ろしく感じた。

(やべえ、マジで)

見た目は華奢《きゃしゃ》な部類の直海だが、若さと体力には自信があっただけに、足腰が思うようにならない状態にはひどくショックを受けた。

もはや呻くのもつらい、きしきしと肺が痛む。死ぬのかなとぼんやり考えた。怖くはないが情けなく惨《みじ》めだった。いくらなんでも十九歳の若い身空で、路上で変死はいただけない。

「ちっくしょー……」

これが、自分が意地を張り続けた末の結果だと思えばあまりに報われない。

大学に進学してからの、この一年弱、なにもかもをかなぐり捨ててがむしゃらにやってきた。その結果がこれか。寒い路上で転がっている自分が惨めで、情けなくて、力のない笑いだけがこぼれる。

（はは、本気で……情けねえ）

これで終わりか。こんな終わりか。こんな惨めさをさらして終わるために、あんなに努力してきたのか。最悪というにふさわしい夜。乾ききった嗤《わら》いがこぼれ、打撲からくる熱に意識が朦朧《もうろう》としはじめた。

ぼんやり空を見あげていると、ふっと目の前が翳《かげ》る。ああ、もういよいよ目もきかなくなってきたのかと、直海が思ったそのときだ。

「生ゴミは金曜日だぞ」

「……あ？」

億劫そうな声が聞こえ、寝転がっていた背中のした、なにかが大きく波打った。がさがさとビニールの擦《こす》れる音がして、直海は目を凝《こ》らす。

よれたスウェットで下駄をつっかけ、マフラーを巻いた、だらしない恰好のおっさんが立っていた。手にしているのは半透明なポリ袋で、どうやらさきほどの振動は彼が手にしていたポリ袋を捨てるため、ネットの端を捲《まく》ったからだったらしい。

一連の動作から、最初にかけられた言葉を反芻《はんすう》して直海は憮然《ぶぜん》となる。

「生ゴミって、俺のことかよ」

「資源ゴミには見えねえなあ」

睨んださき、飄々とした風情の男は軽く肩をすくめるだけで、射殺すような視線にも動じた様子はなかった。

「ゴミステーションに転がってるのは、ふつうゴミだろ」

「初対面でゴミ扱いすんじゃねえよ！」

言葉にも態度にもひどく腹がたった。さきほどまでの絶望と虚無感はあっけなく目の前の男への怒りへとすり替えられた。しかし結局殴られまくった身体では、かすれきった怒鳴《どな》り声しかあげることはできなかった。

「じゃあ、なにやってんだおまえ」

「見りゃわかんだろ。休んでんだ」

「こんな場所でか。酔狂だなあ」

ふつうもう少し、この状態の人間にかける言葉は違うものがあるだろうと直海は歯を剝《む》いた。冷やかしにつきあう余裕もないし、一言発するたびに息が切れて苦しかった。

「うるせえよ、ほっとけよ！」

いま出せる精一杯の声量で怒鳴りつけたあと、最後の気力を使い果たした気分で直海はぐったりと目を閉じた。しかしいくら経《た》っても足音は聞こえず、訝《いぶか》りながら目を開けると、見捨てて去るだろうと思っていたおっさんはそこにじっと立っている。

「酔ってんじゃねえなあ。どっか痛いのか」

「いてーよ。最悪だよ」

呻き声ですら出すのがつらい。ひゅうっと喉が鳴って、直海は咳きこんだ。

(なんなんだこのオヤジ)

見あげる顔がひどく遠く、背は高そうだと思った。街灯の逆光ではっきりとは見てとれないが、かっきりと鋭角的な顎《あご》には無精鬚《ひげ》が生えている。適当に伸ばしっぱなしにしたような髪はくせが強いのか毛足があちこち跳ねていて、ずいぶんだらしない感じだった。

(あー、でも)

ふっと差し伸べられた手をよくよく見ると、さほど歳《とし》はいっていないのかもしれないと思った。すんなりと長くしなやかな指先が頬から首筋に触れてきて、ひんやりと冷たい。

「熱あんだな」

「う……せ……」

ついには悪態さえも口にできなくなってきた。

ぐるぐるぐるぐる、街灯とおっさんの顔がまわり始めて、なにを珍妙なことをしているのだと問う矢先、自分の目がまわっているのかと直海は気づく。

「真冬にこんなとこに転がって、おまえ死にてえのか?」

「んな、わけ、あるか……っ」

ふざけるなと怒鳴ろうとしてまた咳が出る。同時にかっと熱くなった眦《まなじり》からも涙が引いて、直海は小さく身体を丸め、肺を突き破るような痛みに耐えた。

苦しい、痛い、寒い、熱い。直海が知る限りの苦痛が一気に押しよせて、胎児のように丸く小さく身体を縮めて、怒濤《どとう》のように襲ってくるつらさをやりすごそうとしたときだ。

「助けてほしいのか」

静かな声で問われた気がした。だが、熱のための都合のいい幻聴だったかもしれない。痛みに腫《は》れぼったい顔は歪《ゆが》んだだけで、うなずいたのかどうかもわからない。

ただ、途切れそうな意識のなか、なにかしっかりしたものに支えられ、自分の身体が浮きあがることを感じたけれど、それがなんなのかも直海は理解できなかった。

ただ、ああこれで安心なのだと、訳もなくそう思った。

＊　＊　＊

あたたかい、やわらかく軽いものに包まれてまどろむ至福。そんなものを味わうのは、いったいどれだけぶりのことだろう。

直海が暮らす1Kアパートはすきま風もひどいうえに、暖房器具もろくにない。暖を取る

ものといえば親が上京当時に買い与えてくれた羽毛布団だけで、寒い季節には寝るときのみならず、家にいる限りはくるまっていた。おかげでこのところ羽毛が潰《つぶ》れてきて、頼りなく薄っぺらい感触になっていた。

（おかしいな。うちの布団、こんな、ぬくかったかな）

いま直海のうえにかぶさる布団はふかふかで、横たわる身体に沿うようにぬくもりを与えてくれている。だがちょっとばかり、あたたかすぎるかもしれない。

（今日、気温高いのかな？）

じっとりと汗をかいた肌に不快感を覚え、直海が目を開くと、なぜか視界が暗い。

「……？」

瞼《まぶた》のうえになにか、しっとりしたものが被《かぶ》さっている。なんだろう、と思ってそのまま腕を動かした瞬間、凄《すさ》まじい激痛が襲ってきた。

「いぎ……っ!!」

呻いて身じろぐと、腕といわず肩といわず、とにかく全身がぎしぎしと痛むことに気づいた。半覚醒の状態では感じないでいられた苦痛に身悶《みもだ》えると、視界をふさいでいたものが、音を立てて落ちる。

「どこだ、ここ……？」

細い息を吐いてようよう瞬《まばた》きをすると、見たこともない部屋のなかだった。

見まわした和室の六畳間の古さは、直海の住まうアパートとどっこいというところだが、手入れを怠らなかったのだろう、清潔感がまるで違う。

確認のため首を動かすだけで、身体がみしみしと軋んだ。頭の横に生乾きのタオルがあった。さきほど視界をふさいでいたのはこれらしい。

(俺、熱出してんのか)

なにしろ身体中が痛むおかげで、そんなことさえ認識できない。ふっと息をつくと肺が破れそうなほどの咳が出て、えずくたびに腹筋が痛んだ。手で覆った口の端には大ぶりの絆創《ばんそう》膏《こう》。うまく身体が動かせないのは肩から腹部にかけてぐるぐるに包帯を巻かれているせいであると気づいた。咳きこまないよう浅く呼吸をすると、つんと涼しい湿布の匂《にお》いが漂う。

(ああ、そうか……殴られてたんだっけ)

そこまでを認識して、ぐったりと、枕に頭を落とす。

ゴミステーションに転がったことまでは記憶をサーチできた。しかしこの部屋に辿《たど》りつくまでの部分がすっぽり抜けている。

湿布の匂いがきつくて、鼻の奥が冷たく痛む。火照《ほて》ってひりつく肌に強すぎる刺激が不愉快で、気を逸《そ》らそうと深呼吸すればまた咳が出た。

身体もきかなくて、苦しくて、ちくしょうと直海はうめいた。眦が濡《ぬ》れたのは、きっと咳のせいだろう。それとも身体の熱に引きずられ、感情まで高ぶっているのかもしれない。

「こんなんじゃ、間に合わねえよ……っ」

一ヶ月後には劇団『ラジオゾンデ』の新人オーディション二次予選がある。うまく残れれば、その後に控えた入団テストも受けられるはずだったのに。

憧《あこが》れ続け、ようやく夢への足がかりに指先が届いたところなのに、このざまか。

いずれにしろ寝ている場合ではないのにと、痛みも忘れて布団に拳《こぶし》を叩きつけた。


直海は役者志望だ。中学生のころ衛星放送で見た『芝居』に打ちのめされて以来、それだけを夢として追ってきた。

役者と言ってもテレビや映画で活躍しているタレント俳優ではなく、舞台専門。将来的な見こみもないそれを、実家の両親はひどく反対していた。

実家は東北にあるのだが、祖父の代から代議士の一族で、地元の名士でもあった。いずれ長男である直海も、地盤を引き継いでその道に進むよう、再三言われていた。しかしあの田舎町で仕事も結婚相手も見繕《みつくろ》われ、飼い殺されるような人生なんて冗談じゃない、と直海は思っていた。

正攻法で反発してもみた。説得も試みた。だが、父は黙殺。母の繰り返す言葉は、語彙《ごい》に多少のバリエーションはあれども内容はいつも同じ。

――いつになったら目が覚めるの、いつになったらまともになるの。

(俺はおかしいことなんか、なにもしていないのに)

内心の歯がゆさと憤りをこらえたのは、自由が欲しかったからだ。

政治に興味などなかったし、どうしても自分は演じたい。

どうすれば家から逃げられるかを考え、まず大学進学で東京に行くことにした。進学先は伝統ある私立の若宮犀祥《わかみやせいしょう》大学。学部も法学部を選んでみせたことで、彼らはやっと更生したかとひどく喜んだ。

だが全国的にも有名なその私立大学が、演劇活動が活発で、しかも直海が入団を希望しているラジオゾンデの母体となった劇研サークルがあることなど、親は当然知るよしもなかった。

次に直海は、あてがわれていた管理人つきマンションから逃げる計画を立てた。管理人にはマンション管理だけではなく、直海の動向も報告されていたからだ。

入学したてのころには、いかにもばか大学生らしく見えるよう振る舞い、午前様を狙《ねら》って帰宅したふうに見せかけた。

実際には芝居の稽古《けいこ》と、繁華街での若者向けバーのアルバイトだったのだが、『はじめての東京に浮かれて羽目を外す大学生』の演技は、管理人ひとりが観客だとしても面白かった。

そのうち、生活時間が不規則すぎて、まじめに見張っているとばかを見ると気づいた管理人は、顔も見せなくなった。親への報告も、適当にしているのだろう。

(このまま、逃げきれたら助かるんだが)

大学在学中に時間を稼ぎ、その間に生活の基盤を固め、どうしてもラジオゾンデに入団する、というのが直海の悲願だった。

しかし、物事そううまくいくわけもない。

ばれるのは時間の問題だろうと思っていたが、それを早めたのは、初夏の大学祭がきっかけだ。大学の派手なお祭り騒ぎは有名で、テレビのニュース番組がその様子を報道してくれたのだが、それが折悪しく直海が舞台に立っている真っ最中のシーンを捉《とら》えた。

ニュースに流れたその日の演目は『トーチソング・トリロジー』。

女装したゲイのコミカルかつもの悲しいストーリーは演劇界では著名なものだが、その芸術性などは堅物の親たちにわかるわけもない。

夕飯時、全国ネットで流れた珍妙な舞台メイクの息子の姿に、父親は血管を切らんばかりに怒り狂い、だまされたと嘆く母はヒステリックな声でわめきちらした。

――おまえにそんないかれた恰好をさせるために、育ててきたんじゃない!

――直海、直海、いったいどうして、こんな恥をかかせたの。

父の怒鳴り声に、ばれるタイミングもなにもかも最悪だ――と直海は思った。

(せっかく、変装したってのに)

こっけいなほど極端なメイクをした理由には、直海の顔立ちが整いすぎていたこともある。さらさら流れる栗色の髪に、細面《ほそおもて》の輪郭はシンメトリー、切れ長の目は目力が強く、縁取る睫《まつげ》毛は『マスカラいらず』とからかわれるほど長い。泥くさい舞台演劇などやめて、タレント事務所に所属したほうがスターダムにのしあがるには確実だろうと芝居仲間に言われる。

顔の端整さやきれいさは、じつのところ芝居の世界ではマイナス面も多い。アイドルタレントが本格俳優になる折り、苦労するのがいい例だろう。美形がゆえに、『役者』としての実力は認められないし、こと舞台の場合は『顔だけ役者』と仲間内には侮られることも多くある。むろん、嫉妬《しっと》や羨望《せんぼう》もあるだろうけれど、現実として女性客らは端整な『顔』の役者に入れこみ、それがどんな大根だろうと、彼女ら特有の愛情ですべてを許してしまえる場合も多い。

きちんと演じていても『顔』しか見てもらえない、認められない、という現象が起きる。それがゆえに、顔のいい役者は、そのほかの役者以上に演技力を必要とするのだ。芝居仲間に悪態混じりで言われるばかりでなく、実際スカウトも多々あった。しかし直海は、舞台が好きだったし、自分の顔だけを売りにするのはまっぴらごめんな口だった。

――だったら、顔がわからないようにしちまえばいいいんだろう？

一年から舞台に立てる直海を妬《ねた》み、当たり役だなどとくさした仲間にはせせら笑いで応えてやった。ゲイの物語に整いすぎた顔では洒落《しゃれ》にならないからと、必要以上に大仰にした派手な舞台化粧は、確かに芝居のうえでは大変な成功をもたらした。

そのまま映像だけ流れれば、親も気に留めることすらなかっただろう。だが舞台の『好評』に目をつけたテレビのレポーターが、ほんのちょっとだけ劇研の連中にコメントをとった。

『大成功でしたね。ところで、主演の方は、彼？　彼女？』

よくある、街角コメント程度の質問。直海はぎょっとしたが止めるヒマもなく、同じ舞台に立っていた彼はマイクを向けられ気が大きくなり、はしゃいだままに答えた。

『あ、直海ですか？　湯田直海、男ですよ。うちの劇研、若宮犀祥祭いっぱい、大学ホール横のテントで舞台やってますので、よろしく！　あ、来月の公演もよろしく！』

おそらく、宣伝をしようと彼も必死だったのだろう。だが全国ネットのその発言が、実家の茶の間にまで届いてしまったのは、最悪だった。

なにより、いくら化粧を塗りたくったところで本来の顔を覆い隠すほどには至らず、また声も変えようがない。舞台向きの直海の声はなめらかで張りがあるが、そこにほんの少しのひずみをくわえたような、独特の声だった。

一度聴いたらちょっと忘れられないような艶《つや》のある、直海の声。むろん生まれてこのかたその声を耳にしている親が、聞き間違えようがない。

結果、父の固い頭には、べっとりと滑稽《こっけい》なメイクにスカートを穿《は》いた息子が、衆目を浴びてひたすら笑われていたという事実だけが残り——その後直海は、いっさいの仕送りを絶たれてしまった。

どころか、「そんなことなら戻ってこい」とばかりに、マンションは解約された。

——そこまで言うことを聞かないならひとりでやってみろ！

電話口、怒鳴った父親に対し、やってやるよと吠《ほ》えるしかなかった。

こういうこともあろうかと、上京前から計画を練り貯金しておいたし、仕送りも無駄遣いせずにおいたので、安アパートへの引っ越しだけはなんとかなった。

四年はしのげると思ったのが、一年足らずで仕送りがなくなったのは痛かった。

学費だけは全額前払いされていたのは幸いだったが、芝居のためにかかる金はばかにならず、生活は苦しかった。病院などにかかれば扶養家族の保険証を使うほかなく、一発で何事かと連絡がいってしまうため、ひどい風邪を引いても売薬と根性で治してきた。

そこまでは、まだ予想の範疇《はんちゅう》内の話だったし、覚悟もついていた。

だがこのたびの誤算は、直海の住んでいる区域に大型のショッピングモールができることになったことだ。

この時代、大規模小売店舗立地法はまだ施行されておらず、郊外に店舗をかまえるよりも、地元の商店街を取りこむ形での出店が根強かった。

近隣の立ち退き作業は数年がかりで進められており、すでに一部は工事に着手されていたが、その駐車場予定地が直海の住まう、ぼろアパートに引っかかった。

立ち退きを要求されたが、謝礼金と支度金が入るのは大家だけで、店子《たなこ》にはなんの手当もなかった。唐突な提案に、保証もなしでは出て行けもないだろうと直海は抵抗したのだが、面倒を嫌う大家は曖昧《あいまい》に言葉を濁すばかり。立地がいい割には古い物件で、苦学生や訳ありの連中でもどうにか家賃を払うことのできるそのアパートは、そもそも古すぎて建築法違反物件であったらしく、つつかれれば痛い腹があったのだろう。

たび重なるいやがらせに、がんとして出て行かなかったのは直海だけだ。そもそも強引にすぎる立ち退き勧告で、違法ぎりぎりとわかっているだけに、引き下がりたくなかったのだ。

埒《らち》の明かない話しあいに時間を割《さ》く暇のない相手は、大変わかりやすい手を使ってきた。ない袖《そで》は振れないと居座っていた直海に、地上げ屋連中は業を煮やしたのだろう。学生などつまみ出してやると、その筋のおっさん数人にアパートから引きずり出されて殴られた。

一部始終を、大家は迷惑そうに見ていただけだ。引きずられて、アパートから少し遠いゴミステーションに捨てられる途中も、道ゆくひとたちは知らぬふりで目を逸らすばかり。東京では暴力沙汰《ざた》を見かけて助けるものなどおらず、這々《ほうほう》の体《てい》で逃げて、隣町の商店街で力尽きた、というわけだった。

めまぐるしかったこの一年を思いだし、ぎりっと奥歯を嚙《か》みしめ、倒れている場合じゃないのだと直海は思う。この状態で実家に連絡などすればそのまま連れ戻されてしまうだろう。

（せっかくのチャンスなのに）

小劇場界のみならず、近年ではテレビでも人気の俳優を輩出するなど、商業的な成功を収めているラジオゾンデが、新人入団員のオーディションを行うのは年に一回きりだ。

旗揚げ当時の役者もいまだ在籍しているし、少数精鋭をうたう劇団の、お眼鏡《めがね》にかなう者は滅多にない。相当な難関であるのは有名で、見こみのない連中しかいない場合にはひとりの入団も許されない。

演出家であり脚本を担当する主宰の和田康介《わだこうすけ》自らがその選出を行うのだが、コネも金も通じない彼の目は厳しく、万全のコンディションで挑みたかった。

その一次予選を、直海はどうにか通過したのだ。だからこそ生活の基盤を失いたくないと抗《あらが》ったのに、こんなアクシデントで自分は潰されてしまうのかと思えばやるせなく、悔しい。

なにより情けないのが、こんな状態になるまで、頼れる相手のひとりも浮かばないことだ。

バー以外にいくつか掛け持ちしているアルバイトさきでも、人間関係は希薄。大学は芝居まみれで、どうにか単位をこなすのが精一杯。友人と呼べる人間は、どうにかひとりはいる。

けれど生活の面倒を頼れるかといえば、むずかしい。

劇研の連中も直海と似たりよったりの状況で、他人を助けられる余裕などない。ましてラジオゾンデのオーディションで、直海が一次を突破したことは皆知っている。

全員がライバルだ、ひとりでも脱落してくれるなら、ありがたいというのが本音だろう。

(だからなんだよ。俺はそんなことわかってたじゃないか)

いったい俺が、なにをした？　そんな疑問が悔しさとともにこみあげる。

親の期待を裏切り、自分のためだけに好きに振る舞った。結果がどんなことになろうとかまわないと、すべてをなげうって演技だけに打ちこんだ。ただ頑張ってきただけなのに、それのなにが悪いんだ。

上京してからずっと、必死になって意地を張って、踏ん張って、頑張って、その結果が――地上げ屋のタコ殴りによる、この痛みということか。

摑《つか》みかけた夢も希望も、折れまいとした心ごと、ぶちのめされたのだ。

「ちくしょう、ちくしょう、ちくしょ……っ」

どうしてこんなところで、こんな痛い目にあっているんだと歯がみすれば、じわりと涙がにじみ、また咳が出た。けんけん、というそれは肺を軋ませ、血の味を滲《にじ》ませる。

(しぬ、かも)

肺が破れるのではないかというひどい咳、止まらないそれに苦しんでいると、がらりとふすまが開いた。

涙に霞《かす》んだ目を凝らすと、頭にタオルを巻いた鬚面《ひげづら》の男がひょこりと顔を出した。

「おう、目ぇ覚めたか。具合はどうだ？」

「え……っ、えほっ」

あんたは誰だと問おうにも、声も出ない。直海の歪んだ表情に、口がきける状況ではないと悟ったのだろう、背中を抱き起こされて口元にコップをあてがわれた。

「ひでえ咳だな。まあ、まず、水飲め」

ゆっくりさすられながら水を飲まされると、おそろしく喉が渇いていたことに気づいた。湯冷ましらしい水は熱で感覚の鋭くなった舌にもやわらかい。

水分が身体に染みとおっていくような感覚に長い息をつくと、だいぶ呼吸が楽になった。なにより、枯渇しきっていた身体中の細胞が潤う気すらして、涙目を何度もしばたたく。

まず目に入ったのは、視界のすぐそばにある、塗りのはげた盆。そのうえには小さな土鍋と茶碗、直海がたったいま水を飲んだコップに水差し。

それから色あせたジーンズはいい感じによれよれだが、ビンテージ風に褪色《たいしょく》加工をしたものなどではなく、穿きこまれて膝《ひざ》が抜けている感じだ。

男の顔に、見覚えはない。

（誰だ、これ）

ぼんやりと眺めていたら、男は背中をさする手を止めた。

「ん、咳止まったな。だいじょうぶか」

「あ、……ありがとう。ところで」

やっと声を出すと、またふたつみっつ咳が出た。ぜいぜいと胸をあえがせていると、うわんと目がまわる。

こらえて、直海は口を開いた。

「あんた、……誰？　つか、ここどこ？」

「なんだ？　覚えてねえのか」

呆《あき》れたような言いざまに、ふっと反抗心が湧きあがった。わからないから訊《き》いているんだろう――と言ってやりたかった。助けてもらったらしい状況を鑑《かんが》みて悪態は引っこめたが、表情にありありと浮かんでいたのだろう。にやっと笑った男は口を開く。

「俺の名前は宮本だ、宮本元。ここは、『韋駄天《いだてん》』って飲み屋の二階で、俺の自宅だ」

「はあ……」

ご丁寧《ていねい》な自己紹介をどうも。しかしべつに名前を知りたかったわけじゃない。

直海は一見、年齢不詳な男をまじまじと見つめた。顔の造りは案外整っているのだが、まばらな鬚のせいでやけにむさ苦しく見える。

（いい顔してんなあ。役者仲間にいたっけか？　いやでも待てよ、この鬚……）

タオルのはしからこぼれた長めの髪。毛先が束になって跳ねている。日焼けした頬の印象は若々しいけれど、雰囲気が落ち着いていた。

跳ねた髪にまばらな鬚。なにかが引っかかるぞと首をかしげ、直海は声をあげた。

「あ……ゴミステーションのおっさん！」

「おう。ようやくわかったか」

勢いこんで声を出したため、また咳が出た。喉の奥に血の味がして直海が顔をしかめていると、背中を支えた大きな手のひらがゆっくりとなだめるようにさすってくれる。

「あーあ。でけえ声だすからだよ」

すみません、という言葉は声にならなかった。とたん、湿布の匂いと軋む身体、完璧に手当された状態に気がついた直海は、おずおずと男をうかがった。

「湿布……？　もしかして、医者とか診《み》せてくれた？」

「打撲だけで、骨はいってねえってよ。湿布して寝て食ってりゃ治るそうだ」

ぱたぱたとなにかを探すように胸元やポケットを探りながら、けろっと答えた男に恐縮しつつ、直海はいちばん言いにくい、しかし伝えねばならないことを口にする。

「それで、その……俺、金がなくて。治療費とか、立て替えてくれたんですよね？」

できればバイトで金を貯めるまで返済は待ってくれないか。そう続けるはずの言葉は、男の思ってもみない発言に引っこめられる。

「気にすんな。あっちも人間の治療はいまいち勝手がわからんと言ってたし」

「ニンゲン、の治療？　って、どういう意味……」

「ああ、一応湿布は薬局のだから、問題ねえ。診てくれたやつは獣医だが、ガッコでは一応、人間様相手の勉強もしてたらしいから心配すんな」

「獣医!?」

男はたいしたことでもないように言ってのけたあと、くしゃくしゃの煙草《たばこ》の箱を尻ポケットから探り出す。「……お、あった」と喜色を浮かべた彼にとっては、自分の発言よりも煙草のほうが重要だったらしい。

「すぐさきに『寺脇《てらわき》どうぶつ病院』あんだろ。知らねえか？　俺のいとこがやってんだが」

「や……俺、このへんの人間じゃないんで」

「あの夜中にずたぼろの怪我人の面倒みてくれそうなやつ、つったら、そいつしかいなくてなあ。ふつうに看病した程度だから、診療費はいらねえってよ」

獣医に診療された事実を教えられ愕然《がくぜん》となった直海に、しかたがねえだろうと億劫そうに首を鳴らした宮本は、忙《せわ》しなく手のひらを動かし、またなにかを探しはじめた。

「……くそ、ねえな」

あちこちをばたばたと探りまわっていた男の足下《あしもと》に、しわくちゃのソフトケースが落ちている。よれた数本のマイルドセブンの隙間《すきま》に百円ライターが刺さっていて、探しものはこれかと直海は気づいてため息が出た。

（なんなの、このおっさん）

なんでこの男は、たったいま煙草を抜き取ったばかりのケースに入っているライターが見当たらないというのか。こんな人間に助けられ、はたして本当に大丈夫なものだろうかと直海はうろんな目つきになりつつも、深しものの在処《ありか》を教えてやることにした。

「あの、ライターなら、そこ。……デス」

「おう、あったか。ありがとな」

にかっと笑った口は大きい。煙草吸いのわりに歯もきれいだとつい観察してしまう。染みついた役者根性で、他人の表情を凝視するのは直海のクセだ。たまによけいな誤解を招くことにもなるそのクセは、しかし目の前の男にはなんら問題なかったらしい。

（変なやつ）

礼を言うのはこっちのほうなのに。ぼんやりと思ったあと、はっと直海は気がついた。たとえ治療をしたのが獣医だろうがなんだろうが、あの場から拾ってもらったことに対しての恩は変わりはしないだろう。

「あの、手当とか。ありがとうございました」

慌てて居住まいを正し――といっても怪我のせいで身動きがままならず、せいぜい背筋を伸ばした程度だったが――頭を下げると、気のない声が煙とともに吐き出された。

「んあ？　なにがだ」

「いや、いろいろ。わざわざここまで運んで、寝かせてもらったし。手当もしてもらって」

うまそうに煙草を吸う男に告げると、億劫そうに宮本の大きな手のひらが振られた。

「どうってねえよ。困ったときはお互いさまだろ」

照れているのでもなく、単純にそう思ったからそう言った、それだけの響きだった。それが現代の、この都会でどれほど貴重なことか、この男は知っているのだろうか。目を瞠《みは》る直海に、これもまたどうでもよさそうな声で宮本は問う。

「ところでおまえ、腹減ってるか」

「あ？　いや、よくわかんな……」

答えるよりさきに腹の虫が鳴った。そういえばここ数日まともに食事をした覚えはなかったなあと薄っぺらな腹を押さえたとたん、目の前にさきほどの盆が押しやられる。

「食っとけ。で、食ったら薬飲んで寝ろ」

「いいんですか」

「よくなきゃ、メシなんかださねえよ。金取りゃしねえから、安心して食え」

顔を赤くした直海がおかしいのか、喉奥で笑った男が遠慮するなと告げる。こうなれば迷惑のかけついでだと、直海は素直にうなずいた。

「い、いただきます」

土鍋の蓋《ふた》をあけると、ぬくみのある食べ物の匂いが漂ってきた。くつくつと音を立てる粥《かゆ》にごくりと喉が鳴って、茶碗に移すのももどかしくなりながら、直海はレンゲを口に運んだ。

「……うまい」

「そうか」

短いセンテンスのやりとり以外に、会話はろくになかった。

半熟の卵を落として鰹節《かつおぶし》が散らされただけの、シンプルな粥だったけれど、出汁《だし》が染みこんだ米の味は舌の奥まであまく染みる。本当においしくて、まだ熱と痛みの残る身体を丸め、直海は差し出された粥をがっつくように食べた。

胃のなかに落ちていく粥をひと口噛みしめるごとに、身体がほかほかとあたたかくなる。

宮本はぷかぷかと煙草を吸って、じっとそこに座っている。

そうして直海は気がつくと、ぼろぼろと泣いていた。

「……っ」

理由はわからない。出された粥のうまさと、あたたかい部屋に、なんだか無性に泣きたくなったのだ。

「なに泣いてんだ」

「……これが、うまいんだよ」

身体の傷も、空腹も癒《いや》され、なんだかほっとした。なにより、こうしてあたりまえのように情を投げてよこす人間がいた、そのことにこそ直海は救われた気がしたのだ。

殴られている間中も、たくさんひとは目の前を通っていった。せめて警察にでも知らせてくれと思ったけれど、ある者は足早に、ある者はあからさまに顔をしかめて、関わりたくもないと逃げていくだけだった。

手を差し伸べてくれたのは、目の前のうさんくさい鬚面の男だけだ。そして与えられた親切に、張りつめていたなにかが一気にほどけてしまった。

暴力に耐える間――いや、親に背いて片意地を張り続けていた一年の間に思い知った冷たさのすべてを、自業自得とあきらめて、ただじっと痛みに耐えているしかなかった。

誰も、助けてなどくれなかった。面倒に関わりたがる者などいるはずもないことも、本当は知っていた。しかたないと思いながらも、助けてくれと心のなかは叫んでいた。

(みっともねえ、けど止まらない)

ぼたぼたと、涙が粥に落ちていく。思いがけず与えられた思いやりが、こんなに染みる。疲れていたんだな、と実感した。

「そんなに泣いてちゃあ、味もわかんないだろうが」

苦笑混じりに言うだけで、涙のわけなど問わない男が不思議だった。大人の気遣いってやつだろうか、そんなふうにも思った。

けれど素直に感謝をあらわにするには、直海は少々ひねくれていた。

「うまいよ。塩気がきいてて」

「口の減らねえガキだなあ」

しゃくりあげながら言い返すと、大きな口を開けてからからと男は笑う。いっそう若々しく見える顔を涙目でじっと見つめ、直海は口を開く。

「なあ、あんたさあ」

「目上にあんたとはなんだ。俺の名前はさっき言ったろうが」

大きな手のひらに頭をはたかれた。子ども扱いにむっとしつつ、妙に心地よくて、よけいにべそべそと子どものように直海は泣いてしまった。だが、悪い気分はしなかった。

しゃくりあげていた涙をおさめ、直海はくすんと洟《はな》をすすって問いかける。

「宮本さんさあ、なんで？」

「なんでって、なにがよ」

「なんでなにも訊かないんだ？　俺がなんで、あんなとこで、あんな怪我して転がってたのか……とか」

問うと、やっぱり宮本は笑うだけだ。

「べつに訊く必要がないから。それとも、訊いてほしいのか？」

逆にそう問い返され、直海ははぐらかすなと顔をしかめた。

あのまま放っておいても、べつに問題はなかった。事情を知らない相手には、あの状態の直海は間違いなく厄介《やっかい》ごとまみれの人間と映ったはずだ。

それなのに、このあたたかい部屋まで運んでくれた。あげくいとこの――獣医とはいえ――医者まで夜中に叩き起こして治療までしてもらう理由は、やはり、ひとつもわからない。

「俺が、犯罪者とかだったら、どうすんだよ」

ぼこぼこになってゴミステーションに転がっている若い男など、ふつうは関わり合いになりたくないものだろう。不思議になって直海が問うと、逆に問い返される。

「犯罪者なのか？　おまえ」

「んなわけねえだろ」

だがそれもやはり、にやにやとしたふざけた笑いが返ってくるばかりだ。直海が口を尖《とが》らせれば、そうだろうなとうなずかれた。

「やましいことしたやつの顔つきじゃなかったし。だったら、べつにいいんじゃねえの」

「いいんじゃねえのって……よくねえだろ」

このご時世によくもまあ、そんな暢気なことが言えるものだ。世間の苦さをそこそこ知っている直海はいっそ呆れた。おかげで涙も止まったので、袖口で顔を拭《ぬぐ》う。

「とりあえず、ありがとうございました。俺は、湯田直海って言います。私立若宮犀祥大学一年、なんなら大学に確認とってもらってもいい」

飄々とした宮本につきあっていると、いつまでもまともな会話ができそうもなかったので、直海は口を挟ませないよう一息に自己紹介を済ませた。

「へえ？　いいとこ行ってんだなおまえ」

宮本はのほほんとしたコメントを漏らしたが、それも無視してさらに続けた。

「殴られてぶっ倒れてたのは、住んでたアパートの地上げ屋に追い出されたからで、べつに喧嘩《けんか》でも犯罪がらみでもないから。そこは安心して」

宮本は「コレもん相手か」とわざとらしく、人差し指で頬を斜めになぞってみせる。うなずいて、直海は痛む頬をさすった。

「あんな、いかにもな地上げ屋とか、まだいるんだな」

バブルの崩壊からずいぶんおとなしくなったと言われたが、まだまだ裏で暗躍する連中はいたらしい。嘆息すると、宮本はなぜかにやにや笑っていた。

「学生相手に物騒な話だな」

「まあ……保証人もいらねえアパートだから、もともとヤバかったのかもだけど」

「保証人いらねえって、なんでそんなとこに住んでんだ？」

不思議そうに問われて、一瞬迷った。だが、こうまで面倒をかけたうえ、情けない涙まで知られた相手に意地を張っても、もうあまり意味はない気がした。

「俺、芝居やってて。で、親にそれ反対されて、仕送り切られてる。やっと見つけた住処が、あのアパートだった」

ぽつりぽつりと、切れた唇で直海は事情を説明した。口元に貼られた絆創膏がごわついて不快だったが、宮本が「ふーん」と適当な相づちを打っているのが妙に気楽で、思った以上にあれこれ語ってしまった。

「そういうわけなんで、このオーディションが、俺の唯一のチャンスなんだ」

「チャンスね。まぶしい言葉だな。けど、そこまで意地張ったって、地上げ屋に殴り殺されたら元も子もねえんじゃねえの」

ぷかっと煙を吐いた宮本の言葉に、直海は噛みついた。

「それは、そうだけど！　でも、死んだって俺は、役者になりたいんだ！」

「死んだって、かあ。若さだなあ。そういう言葉に、まだ現実味がねえんだろうなあ」

かかか、と笑う男に、ばかにされているのかと思った。だが、宮本は睨みつけてくる直海の小さな頭を、大きな手でぽんぽんと叩く。

「なんだよ、それ」

「三十すぎて何年もするとな、死ぬのが現実で、目前なんだよ。老後が見えんだよ」

穏やかで飄々とした声だった。答えにもなってないそれなのに、妙に重たい気がする。

「まあ、意地を通したい時期も、あるな」

なつかしいものを眺めるような目が、不思議だった。こんな目をする大人を直海は知らない。

直海のまわりにいる大人たちは、いつも不満そうにしているか、自分の生きざまを他人に押しつけるような、凝り固まった視線しか持っていなかった。宮本のように、さらりと乾いた許容をみせられたのははじめてで、どうすればいいのかわからない。

じっと見つめていると、宮本はおどけたように目をまるくして、話をもどした。

「とにかく、地上げ屋の連中も、おまえを追い出すって目的は果たしただろうし、後追いしてくる可能性はないだろ」

「うん……たぶん……」

うなずいてみせた直海は、その小さな動作だけで自分の身体がかしぐのを感じた。

(……あれ？　なんか、くらくら……)

しゃくりあげつつも食べ続け、土鍋のなかはほとんど空《から》になっていた。腹がくちくなり、急に体温があがったせいで目がまわったのだろう。うわんと目の前が歪み、ふらついた上半身を宮本の腕が支えてくれる。

「しゃべりすぎだろ、寝てろ。ああ、寝る前に薬飲んどけ」

「あー、はい……」

首筋に大きな手のひらをあてがわれる。火照った肌に感じる宮本の体温は低くて、見た目とずいぶん違うなどと思いながら、子どものように開いた口へ錠剤を放りこまれ、コップを口元にあてがわれた。

「あの、これ、……人間用だよな？」

なにも考えず飲みくだし、横たわったあとに、疑問がわいた。直海の弱々しい問いに宮本は一瞬だけ目を瞠ったが、すぐにひとの悪い顔で笑ってみせる。

「ああ、それは訊いてなかったなあ」

「うそっ!?」

「嘘だ、ばーか」

からからと笑った男に、ふざけんなと直海は目で訴える。

「んの、クソオヤジ……」

「悪かったよ、クソガキ」

なだめるように布団のうえから軽く叩かれ、まだ少し眩《くら》む目で頭上の男を睨む表情は、完全に拗《す》ねたものになっていた。

宮本がゆったりと布団を叩くそれは、子どもを寝かしつける仕種《しぐさ》以外のなにものでもない。

（とことん、子ども扱いかよ）

上京してからというもの、ひとりきり突っ張ってきた直海は、目上の人間にこうも軽くあしらわれるということがなかった。役者仲間は年齢に関係なくライバルであるし、各種のバイトさきでは労働をこなすパーツとして扱われるだけだった。

幼さは侮られる要因以外のなにものでもない、そう思ってやってきた。だから、所作でも言葉でも、こちらを子どものように扱う大人がめずらしく、身の置きどころがなかった。親にもここ数年反抗してばかりであったから、こうしてあまやかしてでもいるようなことをされると、直海はどうしていいのかわからなくなる。

それでいて、この静かなリズムを、不快だとは思えないから不思議だった。

宮本の雰囲気のせいもあるかもしれない。役者連中のように若作りを心がけているわけでもないだろうに、バイトさきの店長のようにくたびれたゆるみは感じられない。

人間の身体は正直で、年齢がその骨格や肉付きに表れるものだ。一見細身に見えるけれど、宮本の広い肩や厚みのある胸には、若いだけの男にはないみっしりとした筋肉がついている。

(なんか、鍛えてでもいんのかな……ああ、それに)

背も高そうで手足も長いのに、それを持て余しているような感じがない。

芝居をしているからこそ気づくことではあるが、なにげない所作において、手指にまで充《じゅう》溢《いっ》感《かん》があるのは素人《しろうと》ではまれなものなのだ。

力強い四肢を自分の意志のままに自然に動かし、それでいて妙な威圧感もない。大柄な男がうえから覗《のぞ》きこんでいる状態で、これほど安心感があるのはなぜだろうと直海は思い、ふと気づいた。

(そうか……目が)

真っ黒な目が、静謐《せいひつ》に澄んでいる。顔立ちや雰囲気はひどく野性的な男なのに、宮本に聡明な印象があるのはこのまなざしのせいだろう。

吸いこまれそうな、夜の闇《やみ》のような、そんな静かで深い色合い。それはどこか寂しくもあると思いながら、直海はうとうととまどろみのなかに落ちていった。

＊　＊　＊

獣医の手当では間に合わなかったのか、それとも寒空のしたに数時間転がっていたせいか、高熱を出して数日直海は寝こんだ。

「きみねえ、これ栄養失調もあるよ。いったいなに食べて生活してたの」

この飽食の現代日本で奇特なことだと、呆れたように言ったのは、宮本のいとこであり獣医である寺脇孝治《こうじ》だ。「人間相手は違法なのに」とため息をつきつつ、乗りかかった舟だと往診までしてくれている。

「ともかく安静にしてちゃんと食べて。まずは熱を下げて、怪我を治すように」

「でも、俺、寝てる場合じゃなくて」

いとこ同士とはいえ、宮本より寺脇の方が年上であるらしいのだが、見た目の年齢差はまるで逆に思える。宮本のいかにもおっさんくさい無精鬚やだらしない服装のせいだろう。なにしろ宮本のワードローブといえば首周りのよれたTシャツにスウェットズボン、いいところが色あせたジーンズで、足下は大抵つっかけサンダルか下駄履きなのだ。

共通しているのは体格くらいだろう。いずれも長身で、すらりとしていながらも、頑健な身体つきをしていた。

「芝居してるってのは聞きました。けどきみねえ、ズタボロの身体で演技もクソもないだろう。声だってがらがらだ、そんなんで舞台に立つつもりか？」

なかなか復調しない状況に焦りそうになる直海をやんわりした声で諭《さと》す彼は、眼鏡の奥の目が聡明そうな男前で、宮本とはタイプがかなり違う。

「いまのきみは打撲と栄養不足でボロボロだ。二週間は安静にしてないといけない」

「そんなに寝てるわけにはいかないんです……！　二次予選だってあるし」

「予選はどういう内容なの。身体がなまってると厳しい？」

厳しい顔の寺脇に問われて、直海は渋々答えた。

「二次は、一応マイムとエチュード……即興の寸劇もあるけど、あとは、面談……です」

「だったら、そんなに長時間のハードな稽古なんかはしなくていいんだね？」

「でも、バイトも、大学もっ」

医師の口調で念押しするように言われ、直海は必死に食い下がったが、寺脇は厳然とかぶりを振った。

「いま無茶をしたら、本番で倒れる羽目になる。ベストな状態でパフォーマンスをするために、休養をとりなさい」

白衣のままじろりと睨む寺脇の迫力に、直海は言葉を引っこめるしかない。しょげた顔で肩を落とした直海にため息をつき、寺脇はその場にいた男へと厳しい目を向けた。

「ハジメも、拾ったからにはちゃんと怪我人の面倒みろよ。ちゃんと監視して。いつもみたいに、店ほったらかしてパチンコ行くなよ」

「俺がいなくても、遼《りょう》がいんだろ。メシもあいつが作ってくれるし」

「いくらしっかりしてても中垣《なかがき》くんはバイトだろうが。なんでも他人にまかせっきりにすんなって言ってんだ。おまえの責任を、まだ学生の彼に押しつけるな」

隙あらば芝居の稽古に抜け出そうとする直海に呆れ、当座の保護者に釘を刺す寺脇に、宮本は平然と言った。

「面倒はみてんだろ。孝ちゃん、こうして呼んでやってるし」

「あのな、まず人間の医者呼んでやれよ」

もっともなことを言う寺脇にも、宮本はけろりとしたままだった。

「こいつ金ねえっつうし、保険証もねえっつんだからしょうがねえだろ」

「……おまえと話してると、俺が頭痛くなる」

吐息した彼は、「とにかく安静にしてるように」と念を押して腰をあげた。

「あの、お世話になりました。すみませんでした」

まだ眩暈《めまい》がひどいので寝転がったままであったが、小さくかすれた声で直海が感謝の言葉を告げると、獣医はその広い肩をすくめてみせる。

「この子の方がよほどしっかりしてるじゃないか……ハジメ、いいな？　店サボるなよ」

「はいはいはいはい。オツカレサマデシタ」

いかにも適当な返事に疲れたように首を振り、寺脇は階段を下りていく。とんとん、とリズミカルなそれを聴いていると、薬が効いたのか直海はまたうとうとしはじめた。

「吐き気とかはもう、ねえのか」

「うん……」

今日はもうだいぶいい。とろとろとなったまま幼くうなずくと、額に貼り付けてある冷却ジェルシートを捲って宮本は新しいそれに替えてくれる。寺脇にはずいぶん適当な返事をしていたが、宮本は案外こまめに看病をしてくれている。

「眠れるようなら、寝とけ」

大きな手のひらに頭を軽く叩かれ、直海は目を閉じる。だがすぐに、はっと目を開けた。

「あ、あのさ……その前に、電話、借りたいんだけど」

「ああ、そりゃかまわねえけど動けるか。無理そうなら持ってきてやる」

「お願いします」

まだ歩いて階下に行くのはつらい。寝転がったまま首だけでなんとかお辞儀の真似《まね》をする。

ものの数分で戻ってきた宮本の手には、この古びた部屋には似合わない、デジタル電話の子機があった。

「あ、黒電話じゃない」

「おまえ、どんだけレトロだと思ってんだよ」

「だってここんち、黒電話がいかにも似合いそうじゃん」

苦笑した男に、冗談ですと笑い、直海は宮本に手伝ってもらいながらどうにか身体を起こす。

ここ数日はろくに声も出なくて、電話ひとつかけることもできなかった。まずは大学の劇研やアルバイトさきに連絡を——と思ったが、はたと気づいたのは、ほとんど所持金が残っていない財布ひとつしか身につけていないという事実だ。

着の身着のまま、という状態で放り出されたので、直海は携帯電話を所持しておらず、各種連絡先は携帯のメモリーにしかない。唯一覚えているのは、大学に入ってからできた、たったひとりの友人のナンバーだけだ。

「……もしもし、律《りつ》？」

『直海っ!?』

未登録の番号からの電話に出てくれるだろうかと心配だったが、水江《みずえ》律は電話が通じるなり、声を裏返して怒鳴った。

『なにやってたんだよ、バイトさきを見に行ってもいないし！　いきなり三日も音信不通になって、すごい心配したんだからな！』

ふだんはけっして声を荒らげることなどない、ふわふわした友人の怒声は、むしろ彼の心配をあらわにして、直海をほっとさせる。

『大学の劇研にもいないし、俺のほうがあちこちからいろいろ訊かれちゃったよ。とりあえず、風邪ひいて寝こんでるって言い訳しといたけど！』

さすがにまだ本調子ではないため、ややハイトーンの声で怒鳴りまくられると、頭がくらくらした。

授業はともかく、劇研の稽古をほとんど休んだことのない直海がいきなり現れず、また、バーも無断欠勤とあって、律はいったいなにが起きたのかと思っていたらしい。

「ごめん、ちょっとワケアリ……てか、怒鳴らないで。頭に響く」

『え。ほんとに具合、わるいの？』

「あー、えっと」

どこまで話したものか。直海は自身の事情をあまり語りたくなかった。彼が知っているのは、親からの仕送りが停止したことと、直海が役者志望で、アルバイトまみれになりながら芝居を続けようと努力している程度のことだ。

だが、その逡巡《しゅんじゅん》は見透かされていたらしい。

『直海さあ、いっつもそうやって黙るし秘密主義だけど、俺には本当のこと言ってよ』

「え？」

『直海が意地っ張りなのは知ってる。でも、なんか事情があるなら俺にはちゃんと話せよ』

「律……」

真摯《しんし》な声に、直海は言葉をつまらせる。

大学に入り、最初のゼミが同じだったからという理由で親しくなったけれど、それは律の天真爛漫《てんしんらんまん》な性格による。のほほんとした律にはたまに苛《いら》ついたこともあったけれど、大抵はその明るさに癒されていた。苦労を知らない人間特有のおおらかさは、ぎすぎすした直海の生活には救いでもあったのだ。

そんな律に弱音を吐きたくないという意地もあったし、見栄もあった。自分と違って、家族に愛されて周りに愛されてふわふわしているあの友だちを、少しばかり直海は軽んじているところもあった。それ以上に羨《うらや》んでいる部分もあったことを、いまさらのように思い知る。

なにより、やさしい律が直海のハードな環境に心を痛めたり――また、これはないとは思うけれど、泥臭い事情に引いたりするのがいやだったのだ。

まさか、おぼっちゃんで、行動力なんかまったくないと思っていた律が、いきなり姿を見せなくなった直海を案じて、そこまで動いてくれるとは思わなかった。本気で怒鳴りつけるほど心配してくれるなんて、考えもしなかった。

（俺、律のこと舐《な》めてたな）

反省しつつ、こうなればもはや八割方ばれたも同然だと、直海は腹をくくった。

「じつは、地上げ屋に追い出されて、殴られて寝こんでた」

まだひりつく唇で重たい声を出すと、返ってきたのはため息だった。

『俺、アパートも見に行ったんだよ。……なんか、あったんだろ？　怖そうなひと、うろうろしてたし。俺、直海の荷物、全部引き取ってきたんだから』

様子をうかがいに行った律によると、直海のいたアパートはすでに立ち入り禁止で、なけなしの荷物が放り出されていたらしい。

「うわ、まじごめん。迷惑かけた」

『それはいいけど、本当にもうだいじょうぶなの？　怪我、ひどい？　ていうか、いったいどこにいるの？　芝居の先輩のとこかなんか？　ちゃんと寝られてる？』

「んー、まあ、そんなとこ。なんとか、無事」

矢継ぎ早に問いかけてくる律に、直海は言葉を濁した。

『なあ、先輩のとことかじゃ、気を遣うだろ？　しばらくうちに来たら？　俺もひとり暮らしだし、平気だよ？　どうせ荷物、ここにあるしさ』

誘ってくれたことで、なおさら迷惑はかけられないと直海は感じた。

「……いや、いい。なんとかなるよ」

いままで、勝手に壁を作っていた自己嫌悪もある。ああまで案じてくれたのは素直に嬉《うれ》しいが、対等な友人でいたいからこそ、律に頼るのは、最終手段にしたかった。

「でも、本当にどうにもならなくなったら、頼る。ちゃんと連絡もする。それでいいか？」

『……わかった。でも、携帯もないと困るだろ。それだけは届けるよ。どこにいるの』

「あ、とりあえず携帯だけ、送ってくれればいいよ」

『なんで。見舞い、いくよ？』

「おまえもバイトあるだろ。こっちまでは遠いし面倒だろうから」

同じ大学に通うとはいえ、律の住むマンションとは都内の端と端、というくらいに離れている。自宅アパートから走って逃げられるということは、さほどあの街から離れてはいないはずだと直海は見当をつけた。

そしてまた、この韋駄天にいるという状況を、直海はうまく説明しきれない。見ず知らずの人間に拾われて寝こけていましたなどと言えば、また律は心配するに違いないからだ。

『んー……わかった。じゃ、住所教えて』

問われて、直海は少し迷ったあと、「宮本さーん」と声をあげる。しばらくすると、くわえ煙草の男がひょいと顔を覗かせた。階段をのぼる音はしなかったから、隣の部屋にいたらしい。

「どした？」

「あの、宮本さん。ともだちが携帯送ってくれるっていうんだけど、住所は？」

「んあ？　ああ。えーと……」

住所を口頭で教えてもらい、そのまま伝える。飲み屋の二階にいると告げると、律はなんだか不思議そうだったが、深く考えずに『じゃあ明日送るね』と答えて電話を切った。

「電話、ありがとうございました」

「おう。アパートのほうはどうだって？」

子機を差し出して頭を下げると、灰皿に灰を落としながら、宮本は問いかけてくる。

「俺の私物とか、まあたいしたことないんだけど……しばらく預かっててくれるって。んで、心配してたって怒られた」

少し照れくさいような笑みを浮かべた直海に、宮本は「ふうん」と笑う。

「いいダチじゃんか」

「うん。行くとこないなら、うちに来ればいいって言ってくれたんだけど……迷惑かけらんねえし」

直海はため息をついた。律の申し出は断ったものの、当てがあるわけではない。

「とりあえず、電話戻ってきたら、バイトさきに前借りとか頼んでみる」

「でもおまえ、追い出されたんだろ。住むアテ、あんのか？」

「んー……ない、けど」

痛いところを突かれて、眉《まゆ》を下げる。あのアパートと似た条件の物件を探すのは、正直かなり大変だろう。それでも、どうにかするしかない。

「最悪、クラブハウスで寝泊まりすれば、なんとかなる、と思う」

劇研の部室となっているクラブハウスのなかには、芝居で使う畳もあるし、泊まりこみする連中のために寝袋もある。暖房などはろくにないが、しのげなくはないだろう。

そう告げると、宮本はしばし黙った。そしてぷかりと煙草の煙を吐き出し、それが偶然輪になっているのに気づいて目を細めたあと「しばらくいれば」と、言った。

「え？　あの……？」

あまりにあっさりとした言いざまだったので、直海は混乱した。どういう意味だろう、ときょとんとしたまま問いかければ、宮本はやはり、どうでもよさそうなそぶりで煙草をふかしている。

「だから、ここ。しばらく、いれば？」

「は……え？　い、いいの？」

「いいから言ってんだろ。ま、メシ代くらいは入れてくれりゃ助かるが。安心しろ、あとになって金せびったりもしねえよ。おまえ貧乏そうだし」

呆気《あっけ》にとられたあと、ごくり、と唾《つば》を飲みこむ。願ってもない話だが、助かったと思うよりもさきに、直海は困惑した。

縁もゆかりもない男を拾って、かいがいしく世話をする宮本が不思議でしょうがなかったけれど、その理由を考える余裕は直海にはなかった。日中のほとんどを寝たままますごしていたので、状況を把握するころには、なし崩しで居着いてしまっていたのだ。

「あのさ。ありがたいよ、ありがたいけど、なんでそこまでしてくれんの？　かなり酔狂な話だろ」

見ず知らずの宮本に、こうして助けてもらっただけでもありがたいことだ。ありがたいとは、滅多にないことだからこその言葉だと、直海は知っている。

「酔狂たあ、また古い言葉知ってんなあ」

「茶化すなよ。わけわかんねえから訊いてんじゃん。それとも……あんた、ホモなわけ？」

「はあ？」

問いかければ、宮本はぽかんとした顔をする。

「だって、金いらないんだろ。ほかに要求するもんつったら、それくらいしかわかんねえし」

直海は大学に入ってからというもの、繊細な顔と身体のせいか、その手の人種によく迫られた。人格や性別すら無視する、演劇という世界に身を置くせいか、周囲は、ジェンダーやモラルの垣根が低い人種が多かったし、色気がないとさんざん言ってくれた先輩に「抱かれてみるか」と誘われたこともある。

――いい芝居したいなら、色気も大事だぜ？

好奇心と、そして「それで芝居に深みが出るなら」という、ひとが聞いたらとんでもない理由で、幾度か経験は積んだ。さすがにバックバージンを捧げるにはいたらなかったが、結果、自分自身もやっぱり、そういう性モラルがあまり高くないタイプなのだなあ、という乾いた結論に達した。

「あ、なあ。宿代、俺でいいなら、かまわないけど？」

たいして世話になってもいない、大学の先輩相手に触ったり触らせたりはできたのだ。これだけの恩がある相手にもし、身体で返せと言われるなら尻くらい貸す気概はある。

告げると、なぜか宮本は顔を引きつらせた。

「カラダで返す……って、ことか？」

「うん。とりあえず一宿一飯の恩義って言うだろ」

そして、ややあって「ぶはっ」と噴きだす。

「は、ははは！　か、身体でって、おまえ、どんだけ自信あんだよ！」

「自信って……」

げらげらと遠慮もなく笑いたおされ、かっと頬が熱くなった。自意識過剰だと笑われ、なんだよと口が尖ってしまう。

「いや、すげえな。最近の若者にはびっくりだ！　しかも一宿一飯の恩義ってまた、妙に言葉だきゃあジジくせえし」

「だってほかになんかあんの？　俺、顔いいし、ゲイのひととかにモテんだもんよ。そういうふうに言われたこと、一回や二回じゃねんだもん。だいたい身売りは世界最古の商売だろ」

「それを言うなら、娼婦は、だろ」

「同じようなもんだよ。で、やんの、やんないの？」

開き直って告げると、笑いすぎて涙を滲ませた宮本は、「はあ」と疲れたような息をついた。

「その前に、言うからには経験豊富であらっしゃるんだろうなあ？　若者」

「あー、そこ突かれると痛いけど」

テクニックを駆使しろと言われると、少々心許《こころもと》ないと直海は素直に打ち明けた。

「ちょっと手で、とか素股で、とかならなんとかなるけど、尻の経験はないし、突っこんでくれって言われるのも無理」

「いや……突っこんでくれたあ、頼む気はさらさら、ねえけどよ……」

「あ、ほんと？　よかった。俺、掘ってくれっておっさんから頼まれたこともけっこうあるから。そんだけは勘弁してくださいって言ったけど」

あっけらかんとした言葉に、宮本はまたひくりと顔を引きつらせる。

劇研に入るなり頭角を現した地方出身者に対して、冷たい目を向ける者も多かった。正直、色気ひとつでたらしこめるならと、利用した部分も否めない。むろんそれを完全に是とはしないけれども、男の身体で貞操観念もあったものかという開き直りもあった。

「その若さでそこまでディープな……おまえ、スレてんだか純粋なのか、よくわからんなあ」

「なんだよ。だって世の中ギブ&テイクじゃん」

どこまでもけろりとした直海に、宮本は目を細めた。なにか、しかたないなあ、というようなあたたかい目だったけれど、それは一瞬でくしゃくしゃとした笑いに取って代わる。

「……まあ、安心しろ。とりあえずいままで、男のケツを狙ったことはねえよ」

根本まで灰になった煙草を灰皿に押し込み、新しいものに火をつける男を、直海はじっと睨むように見た。無償の親切を素直に受け入れるには宮本を知らなさすぎるし、うまい話には裏があるのが当然と、この一年ほどで思い知っていたからだ。

「そう身がまえんな。どうせ冬休みなんだし、うっかり飲み屋で潰れて泊めてもらった、くらいに、のんびりかまえておけよ。そういう連中もここには多い」

のんびり。直海からもっとも遠い言葉だ。毛を逆立てた猫のような直海の態度にも、宮本はそれこそ、のんびりと煙草をふかすだけだった。

(へんな、おっさん)

直海としては、ほかに出せるものはないからと、真摯に言ったつもりだった。けれど年上の男からしたら、若さや顔だちを鼻にかけた傲慢《ごうまん》な言いぐさに思えたのかもしれない。けれど、不思議と軽蔑や見下しは感じなかった。

笑い飛ばしてくれて、本当はほっとしている。実際に「じゃあやろう」などと言われたらやっぱり、腰は引けただろうから。

「それでも納得しねえか。じゃあ俺は、そうだな……おまえがおもしろそうだったから拾っただけだ」

「おもしろそう？」

あまり言われたことのない言葉で、どきりとした。

芝居をするうえで、直海に足りないのは「おもしろみ」だとさんざん言われてもいた。端整すぎる顔、きれいな声のおかげで、コミカルな台詞《せりふ》はすべるし、深みも足りないとこき下ろされることも多い。

「ああ。いまどき、あんなにぎらぎらした顔をするのはめずらしいからな。怪我して死にそうな顔してるくせに、ひとのこと睨みつけてきやがって」

「ぎらぎら……」

言葉を繰り返して、これも言われたことがないなと直海は思う。すかしているだの、冷たいだのという非難はいくらでももらったけれど、熱が高いという評価をもらったこともない。

「それこそ酔狂だと思えよ。退屈しなさそうで、いいんじゃねえのかと思っただけだ」

それが直海を拾った理由だと、直海の頭を、二回ぽんぽんとやさしく叩いた。

「なんの含みもねえし。それに未成年のガキから見返りもらおうと思うほど、落ちてねえよ」

見返りのない親切は、いっそ居心地が悪い気もした。しかし、親にもこの数年もらえなかった、いたわる手はあたたかく。

じわりとする。泣いてしまいそうな目元を隠すため、直海はうなずいて深く頭を下げるしかできなかった。

＊　＊　＊

宮本に拾われてから、一週間が経過した。

その間に年も明けたが、寝たり起きたりの状態では正月気分もあったものではない。

宮本について知ったことといえば、ほんのわずかなものだった。

まず、いま直海が寝ついているのは一軒家の二階、二間ある部屋のひとつで、隣の部屋が宮本の住居。なけなしの廊下を渡り、そこから狭く急な、いかにも昔に建てられた造りの階段を下りると、階下のスペースが居酒屋になっている。

名前は『韋駄天』という。カウンターにテーブル席が数組あるだけの、十人もひとが入ればいっぱいになってしまう、小さな店だ。昼には定食を出したりすることもあるらしい。とはいえ宮本はやる気があるんだかないんだかよくわからない店長で、雨が降ったから休みだの、風が強いから休みだのとしょっちゅう店を閉めている。それもまったく予告なしの突然休業なもので、常連もアルバイトの店員も、店まで来たあとにため息をついて引き返すことも多い。ひどいときには、ふらりとひとりでどこかに旅行に出てしまうことすらあるらしい。数日で戻ることもあれば、一ヶ月戻らないこともあるのだそうだ。

休みは不定期なぶん、店長がいる間は絶対に店を開けるのがルールということで、年末年始も営業——これまた宮本の気が向けばだが——していた。

(こんなんで、店は成り立つのかと思ったけど……みんな集まってくるんだよなあ)

どこにでもあるような居酒屋で、とりたてめずらしい料理や酒があるわけではない。だが不真面目《ふまじめ》でふらふらとしたところのある宮本は、あのゆるさで常連客たちに慕われているらしく、なんだかんだと客は絶えない。

宮本の名前である『元』の由来は、元旦生まれだから。これは聞いたわけじゃなく、店に押しかけた常連が、カウントダウンバースデーだと騒ぎ立てていたせいで知った。三十五歳になったのだと聞かされ、変な気分だった。というより、宮本は年齢があることが不思議な感じの、若いんだか老けているんだかよくわからない男だった。

この日の開店は夕刻からなので、まだ階下はしんと静まりかえっている。いまだ続く微熱、身体のしんどさに負けてうとうとと寝入っていた直海の耳に、のれんをはずした引き戸をがんがん叩く音がした。

「おーい、宮本さん？　宮本さーん！」

目を開けると、すでに宮本の姿はない。

放っておこうかと思ったが、しばしあまりのうるささに根負けして、直海はため息をつきつつ身体を起こした。

「中垣さんか。おっさんならいねえよ」

微熱の残る身体で階下へと下りた直海が入り口の鍵《かぎ》を開け、うっそりと返事をすれば、中垣遼太郎《りょうたろう》は広い肩をすくめ、端整な顔を歪めた。

「またかよ。どこ行ったって？」

「知らね。起きたらもういなかったし。どうせパチンコじゃねえの？」

寝癖もつかない素直な髪をかきあげつつ直海が答えれば、中垣は「また仕こみから俺がやるのか」と文句を言っている。

中垣は、韋駄天の常連アルバイトの大学生だ。整いすぎた顔は一見きつい印象があるが、意外に情に厚く、面倒見のいい男らしい。そうでなければこんな潰れそうな店のバイトなど勤まりはしないだろう。店の経営については、この男の方がよほどまめで、だらしない店長を叱《しか》りつけては店を開けさせているありさまらしい。

しかし中垣も、来年には卒業してしまう。けっこう優秀な中垣は、すでに三年の半ばの時期から就職の内定も決まっていたらしいから、そうなったら本当に宮本はどうするつもりなのだろうと、直海は他人《ひと》ごとながら心配になる。

「おまえ、朝からなんか食ったのか？」

ふたたび二階にあがるのも面倒で、ぼんやりと店のカウンター席に腰掛けた直海がこの店の行くさきを案じていると、やや威圧的な低い声がぶっきらぼうに問いかけてきた。

「俺？　あー、まだ」

「またか。飯くらい置いてけよ、宮本さんも」

直海の返事に顔をしかめた中垣は、面倒くせえなと言いながら置いてあったエプロンを身につける。仕こみのついでにと簡単な食事を作ってくれるつもりらしい。

煙草をくわえたまま調理にかかるのは、衛生上どうなのかと思うが、店主からしてそのスタイルだ。全国的に押し寄せる嫌煙運動も、この店のなかでは通用していない。

「ふつうのメシ、食えそうか」

「俺的には平気だけど、寺脇さんは、まだゆるいもん食っとけつってた」

ようやく熱は下がったけれど、殴られた腹は、いまいち調子が悪い。気ばかり焦ってあの獣医には平気だと言い張っていたものの、直海の身体はかなり限界に来ていたらしかった。

あまりに高熱が続いたため、実費覚悟で『人間相手の医者』にかかってみたところ、寺脇の言うとおり栄養失調と過労で内臓までが少し弱っていたらしい。

肝臓の近くも打撲のあとがひどく、あたりどころが悪ければ、内臓破裂にもなりかねなかったと言われてぞっとした。

「雑炊とうどん、どっちがいい」

「えと、雑炊」

腹部をさすりながら答えると「了解」と中垣は肩をすくめた。

この数日ですっかり中垣とも馴染《なじ》みになってしまった。突然現れた居候に最初は驚いていたようだが、宮本の所行にいちいち驚いていられないと、彼はすぐに順応したようだった。

中垣は無駄口はきらいらしく、必要以上は話しかけてくることはしない。直海にしても必要以上に馴《な》れあいたくはなかった。

(でも、なーんか居心地いいんだよなあ、ここ)

ぐるっと見まわすと、油や煙の染みこんだ茶色い壁がいかにも古びている。不潔感はないけれど、消防法だなんだのの見地からいえば、充分やばい木造の、昭和を思わせる家。直海自身はこんな家に住んだことなど一度もないくせに、なつかしさを思わせるのはなぜだろう。

「ほら、食って薬飲んで寝とけ」

「ういす。いただきます」

ぼんやりとしていると目の前には冷や飯を使った雑炊がどんと置かれた。具は余り物の鶏肉と明太子で、シンプルだが出汁がきいて非常に美味《うま》い。

「あち、あち、いて」

治りかけの口の端に熱い雑炊が染みた。顔をしかめつつもはぐはぐと雑炊を口に運んでいると、くわえ煙草で出汁の灰汁《あく》を取っている中垣がぼそりと話しかけてきた。

「おまえ、怪我まだひどいのか」

「んあ？　いや、もうだいぶいい。熱下がれば平気だって」

「あ、そ」

問いかけてきたくせに、ふうんと言ったきり中垣は灰汁取りに集中してしまった。

だが、沈黙になんとなく間の悪さを感じた直海は、痣《あざ》の残った小さい唇を開く。

「心配しなくても、いま知り合いに部屋探してもらってるし、治れば出てくよ」

「あ？」

「俺みたいなうさんくさいの、いつまでもいてほしくねえだろうしさ」

しかし、さきまわりしたひとことを、中垣はなぜか不愉快そうな視線で受け止めた。

「べつに俺はそんなこと言ってない。宮本さんがいいってんだから、いりゃあいいだろ」

「は……？」

頭上から睨み下ろしてくる剣呑《けんのん》な表情と意外な言葉に、レンゲをくわえた直海は目を瞠る。

「ふつうに、怪我は平気なのかって訊いただけじゃねえか。それでなんで、うさんくさいのがいてほしくないとか、そんな話になるんだ。おまえちょっと、性格歪んでんじゃねえの」

「なっ……！」

「他人の親切は、素直に受けとけよ。ガキのくせに賢《さか》しいのはむかつくんだ」

かちんと来たのは、図星だったからかもしれない。直海は自分の性格がよくないことを熟知している。そういう自分が違うものになれる芝居の世界を、だからこよなく愛している。

ひとになんの損得なくやさしくされることにも、慣れてはいないのだ。ここ数年の誰も彼もが敵に思えるような余裕のない生活は、ゆっくりと直海の心を荒《すさ》ませていた。

だからといってそれを、知り合って数日の相手に見切られたのが腹立たしく、唇を歪めたまま直海は嫌味な声で吐き捨てた。

「そっちこそ、その偉そうなもの言い、なおしたほうがいいんじゃねえの」

「あぁ!? 俺のどこが偉そうだってんだよ」

「そういうとこだよ、そういうとこっ」

カウンターのなかと外で、険悪な視線が絡みあう。その一触即発の空気を破ったのは、からからと引き戸を開ける暢気な音、そしてぬっと現れたピンクのクマのぬいぐるみだ。

「うおー、降ってきやがった。なんだ遼、いたか」

宮本は、似合いもしないファンシーなぬいぐるみを抱えたまま、笑った。

「いたか、じゃねえよ宮本さん。今日営業日で……って、なんだそれ」

「景品取りつくしてなー。なんか、あまってるのこれだっつって。かわいかろう」

気抜けしたように失笑した中垣は、直海と言いあう間に長くなった煙草の灰をシンクに落とした。どうでもいいがこの店にいる連中はヘビースモーカーだらけで、狭い空間がいつも白くけぶっている。

「だからってモモぬいはねえだろ。ある意味凶悪だぞ、その絵は」

カメラをかまえる真似で、両手で四角いフレームを作る中垣に、宮本も白い歯を見せた。

「あー、なあ。俺じゃなんだか変態っぽいわな」

両手にあまるようなピンクのクマは、動画付きメールソフトで有名なキャラクターだ。それを抱きしめているのがかわいらしい女の子ならば実に微笑《ほほえ》ましい絵面だが、よれたシャツに便所サンダルのおっさんでは、見た人間すべてを脱力させるだけだろう。

「んじゃ、似合うやつにやるわ。ほれ、持ってな」

「は、へ⁉ 俺⁉」

直海もまた呆気にとられた顔でいたが、そのばかでかいぬいぐるみをいきなり押しつけられてさらに目を丸くする。一メートルはあるぬいぐるみは直海の細い腕のなかで、笑っているのかそうでないのかわからない、つぶらな目を向けてきた。

「あっ、しかもこれパチモンじゃん！ モモじゃない！」

どうも顔が微妙に歪んでいると思ってあちこち探ると、タグの部分にはメイドインチャイナ、キャラクター名『モマ』とある。

「ははっ。抱き枕にいいんじゃねえか？」

「いや、いらねえし」

「そう言うな。お子様にはぬいぐるみってのが相場だろ」

「俺かよ」

直海が困惑顔を浮かべていると、宮本はそれが地であるらしい、なんだか曖昧な笑みを浮かべて店の奥へ向かう。そのまま自室へと続く階段を上りはじめたことに気づいた中垣が、焦ったような声を出した。

「あ、宮本さん！　寝んなよ、今日は！　つうか店立てよ！」

「はいよー」

ひらひらと手のひらを振って消えていく。背は高いのに、不思議と宮本は影が薄い。細身に見えるのは手足の長さのせいか。挙措《きょそ》がゆったりと流れるようで、この男がいるからこの店の時間の流れが違うのだろうか、とすら思う。

「ありゃ出てこねえな」

「うん。寝るだろ、あのまま」

うしろ姿に、中垣も直海も同時にため息をつく。揃《そろ》って互いの顔を気まずそうに見たあと、さきに口を開いたのは中垣のほうだ。

「みろ。ああいうひとだぞ。ひとひとり拾ったって、誰がなに心配すんだよ」

だいたい年中酔客が潰れては二階で雑魚寝《ざこね》だ。一応怪我人である直海の部屋にもひとり、放りこまれたことがある。

「あーね。悪かった」

突っかかってごめんなさい、とぬいぐるみの頭を押さえて直海が苦笑すると、中垣も毒気を抜かれた顔で笑っている。

「まあ真面目な話、おまえ家とかは？　家族心配してんじゃねえのか」

「ひとり暮らし。んで、地上げ屋に追い出されたんで、いま帰るとこ実際、ねえの。そんで殴られてぶっ倒れてるとこ、あのおっさんに拾ってもらった」

今度は特に偉そうでもなく問いかけられたので、直海もするっと素直な声で答えた。宮本に事情を聞いているのではないのかと問えば「全然聞いてない」と中垣は否定する。

「あのひとがなんだかんだ拾ってくんのは毎度のことだからな。まあ、いままでは犬猫が多くて、それに餌《えさ》やんのも俺の仕事になっちまった」

またもや意外なことを聞かされて、モモぬいを抱きしめたまま直海は首をかしげた。

「犬猫？　でも、いま、いないじゃん」

「さすがに食い物扱うのに、動物はまずいからな。結局は寺脇さんちのケージが満杯になってる。あのひとも勧めた以上は突っぱねらんねえだろう」

「勧めたって、寺脇センセが？　なにを？」

「ペット飼えって。宮本さんに」

宮本は前々から獣医の寺脇に「犬でも猫でもなんでもいいから生き物を飼え」と、再三ペットを飼うよう勧められていたのだそうだ。

「なんでペット？」

問えば、一瞬中垣は包丁を握った手を止める。だがすぐに、具材を刻む動きを再開した。

「面倒見る相手がいりゃあ、少しは責任感ってものが身につくかと思ったんだってよ。結果は、捨て猫捨て犬ほいほい拾ってきただけでほったらかし、寺脇さんの手間が増えただけだったけど。まあ、今回は面倒見てるほうなんじゃねえの、土産もってくるくらいだし」

にやりとする中垣に「俺はペットか」と憮然としたが、まあたしかに簡単に拾われたあたりは捨て猫とあまり大差はないのだろうとも思えた。

（でも、なんか含みある感じ）

そもそも飲食店と自宅がくっついたこの家で、動物を飼うのがむずかしいことなど、寺脇がわからないわけもない。なのになぜ、そんなことを勧めたのだろう。

「ペットねえ」

不思議に思いつつじっと中垣を見つめる。だが手元に視線を落とした中垣はけっして顔をあげない。おそらく意図的に目をあわせていないのだと判断し、直海はするりと会話の矛先《ほこさき》を逸らした。

「それであんた、俺に飯とか食わせてくれたわけ」

「宮本さんがそうしろっつったからな。それでいいだろ、べつに」

微妙にずれた問いかけに、中垣は鍋を煮立たせながらにやりと笑った。一瞬だけ直海に向けられた目の奥に、皮肉な性格が覗く。それを隠そうともしない男に、同族嫌悪と同時に共感を覚えた。

たぶん中垣は、基本的に頭がいいのだろう。必要以上に言葉を発しないし、他人を詮索しない。その代わり、さりげなく観察するような目が向けられていることに気づく。

「なあ、あんたさあ」

「さっきから気になってたけどな。年上をあんた呼ばわりすんな」

「……中垣さんさあ、こんな店でバイトしてて、もうかるのか？」

数日見た感じでは、中垣は案外と利己的な部分や得にならないことを避けるような性格と思えるのに、なぜかロハ同然のバイトを辞める気配はないのが、どうしても不思議だった。

「もうかんねえな。ほとんどバイト代なんざ入ってこないし。まあまかないメシは食えるし酒も飲めるけど」

「やめねえの？」

「やめねえな」

たぶん中垣くらい料理の腕があって気働きができれば、もっと割のいいアルバイトだっていくらでもあるのに、この小汚い店で卒業までの時間を潰す気なのだという。

「ま、さすがに就職したら無理だろうけどな。手伝える限りは、やろうと思ってる」

「でも、こういうダラッとした感じって、あんたの性に合わないんじゃないのか」

指摘すれば、あっさり「あわねえな」と彼は答えた。

「ただ、宮本さん見てっと、なんかそういう気になるんだよな」

「そういう気って？」

「あのひと、どっしょもねえだろう。しょっちゅう店は休む、やる気あんだかねえんだか」

うん、と直海はうなずく。

「レジも客まかせなのにはびっくりした」

「それに実際のとこ、俺なんかより宮本さんが作る料理のほうがうまいんだよ。やりゃあできるのに、あのひとはどうもそこが……」

言葉を切り、中垣は一瞬だけ眉をひそめる。続きを待ったけれど、中垣はそれ以上を言う気はないようだった。

「まあ、たまには損得なしもいいさ」

浮かんだ静かな笑みに、腑《ふ》に落ちないものを覚えつつも追及はできなかった。

（へんなの）

端々に覗く、聡明さゆえの上から目線を不愉快に思うこともあるが、悪いやつではないと思う。通っている大学も優秀さの象徴であるし、就職先も大手企業に決定している。人間的にもそれなりの器のある男だ。

寺脇にしても、動物病院の院長で、トリマーなどもいるそこはけっこう繁盛していると聞く。獣医とはいえ『医者』という仕事につく以上は、わりとエリートなんだろう。

そんな彼らが、やる気のない、流行《はや》らない店の店長でしかない宮本を『宮本だからしかたない』とすべてを許しているのがなんだか不思議だ。

少なくとも直海の知る賢くて成功している連中は、同じくらいバイタリティがあって能力にも秀でている人物しか相手にしないし、宮本のようにくたびれた人間など、下に見て相手にしない傾向があった。

とくに中垣のような、プライドの高そうなタイプはなおのことだろう。

なのに中垣も寺脇も、だらしない、と叱りつつ、どこかで宮本を心配している。

そして直海も直海で、らしくない自分に戸惑っている。

拾われたあの日、初対面同然の人間に、どうして自分のなかにあるものをすべて、ぶちまけてしまえたのだろう。律にすら言えなかった事情まであっさりと打ち明けたのは、弱っているところを助けられたからというだけではない気がする。

いったいあの飄々としたオヤジになにがあるのか、と直海は首をかしげた。

「なあ、宮本さんて、ナニモノ？」

「……疲れてるひと」

問いかけに、中垣は端的に答えた。なんだか含みの多い言葉に、直海は眉を寄せた。

「そりゃ、くたびれたおっさんなのは見ればわかるけど、そうじゃなく」

「宮本さんは、宮本さんだ。あとは自分で見て考えろ」

叩き落とすような言葉だった。それ以上をまったく語る気はないと口をつぐんだ男に、直海もまた追及の手を引っこめるしかなかった。

＊　＊　＊

狭いライブハウスの薄暗がりのなか、直海は生あくびをかみ殺した。

ふだんなら『ハコ』と呼ばれている空間が、今日のこの時間は『小屋《コヤ》』になる。即席の舞台装置はちゃちすぎて、あちこちにほころびが目立った。

隣の友人の顔をうかがうと、きれいな顔はこっくりこっくり船を漕《こ》いでいる。すでに芝居は二時間をオーバーしていて、しかしなんの発展性もない展開に厭《あ》きはきていた。

「……りつー。一応、目ぇ開けてるふりだけがんばって」

「あ、ご、ごめ」

律の脇腹《わきばら》をつついて、最前列なのでエチケットだけは守ってくれと小声で頼んだけれど、直海も寝ていいものなら寝たかった。演出なのだろうけれど、全体に薄暗いハコのなか、場面転換のための暗転が幾度も訪れるせいで、眠気ばかりを誘う。

(畑《はた》さんも、なにをダブルの意味でねむい芝居やってんだか……)

劇研のOBである先輩の畑が、新規に立ちあげた劇団の旗揚げ公演は、本当にふざけるなというくらいにつまらなかった。このチケット代で直海の昼飯代は飛んだ。狭く汚いハコのなか、桟敷《さじき》席でしびれた脚を抱えたまま眺める舞台は、宮沢賢治の名作をベースにしたものだが、いちいち観念的すぎる冗長な台詞にはうんざりした。

(だめだ、こりゃ)

下北沢界隈《かいわい》にたむろして商業的な成功を熱く夢見る連中は――直海もむろん含めて――多い。だがそれを実現できるのは、ほんのひと握りの選ばれた者だけだ。

(脚本はだるい。動きも悪い。音楽もサイアク、暗転多すぎで気が散るし)

お義理でチケットを購入したけれど、そうでもなかったら観に来ることはなかっただろう。もういちどあくびをかみ殺したのは、まだ大きく口をあけると痛む箇所があるからだ。

(もう、だいぶ治ったんだけどなあ)

顔を殴られたのは一発だけだったが、そのあと転んであちこち打ちつけたため、いまだに意外なところが痛くて驚く。

宮本に拾われてから二週間が経ち、冬休みも終わった。その間、ゆっくり静養したおかげで直海の身体はだいぶ回復した。

様子見をしながら大学に顔を出すと、心配していた律から、荷物も受けとった。

宮本の家に居候するのは、長くても三月までと決めた。といってもそれは直海のなかだけの話だ。区切りとなるその月には、くだんのオーディションの本選がある。そこまではどうあっても、住まい探しやなにかで振りまわされる余裕はない。

といっても、なにもしないで他人から恩を受けるのは、直海の性分に合わなかった。

無断欠勤したアルバイトさきには必死で頭を下げたが、やはりクビになってしまった。代わりに律の紹介で、新しく、ジャズバーでのバイトに就くことができた。

韋駄天よりは多少広いがそう規模も大きくない、大人向けの、静かなジャズバーだ。アルバイトをすると決めたのは、履歴書が案外ルーズで未成年の直海でも潜り込めたからと、ルックスと立ち居振る舞いを重視する店だと聞いたからだ。

アルバイトの人間にも研修があり、ギャルソンスタイルでぴんと背筋を伸ばし、接客のためのうつくしい所作を教えこまれるのは、芝居にも活かせると思った。

前の店とは比べものにならないほど、鷹揚《おうよう》でひとのいい店長にも『働き者だ』と気にいられた。ほぼ常勤で入れてもらう代わりに、掛け持ちのアルバイトは切り捨てたが、払いがいいので収入はいままでよりよくなった。

そして、月末にはバイト代が入ることとなり、宮本にせめて家賃なりを受け取ってもらおうとしたのだが。

――ガキが無理をすんな。

一蹴《いっしゅう》され、金は引っ越しの資金と今後の生活のために貯めておけと言われてしまった。

――どうでも気がすまねえなら、店番でもたまにしてくれりゃ、いいよ。

そう言って笑うばかりの宮本に、直海はますます困惑するしかない。おまけに、直海が床をあげられるようになったと知るや、あの店長はまたふらりと出かけていってしまい、いつ戻るともわからないため、謝礼の話もいつまで居候するかの期日もうやむやになったままだ。

店の切り盛りはほとんど中垣がやっている有様で、本当にあの店はだいじょうぶなのかと、部外者の直海ですら心配になってしまう。

「……み、直海？」

「あ？」

律の困ったような声に、直海ははっと我に返った。

「えと、終わったのかなあ？　と、思うんだけど」

会場全体に照明がついて、ぐだぐだの芝居が終わったことを知らせる。

舞台に集中しきれなかったのも事実だが、あまりにダレ場続きでどこがクライマックスなのかもわからなかった。

「ね、もう、出ていいの？」

「ああ、……ちょっと待って。アンケート書いちゃうから」

ため息をついて、直海は入り口で渡され、上演中の退屈しのぎに折りぐせをつけてしまったアンケート用紙に、目についた欠点を片っ端から書き連ねる。

ふだんなら、あまり直海はアンケートなど書かないけれど、あまりのつまらなさに腹がたった。おまけにチケット代は、律とふたりで当日料金で六千円も取られた。貧乏学生にはかなりのダメージだ。

芝居関係者のチケット捌《さば》きは死活問題で、知人友人顔見知り、とにかく買ってくれる相手には頭を下げてまわる羽目になる。お互い持ちつ持たれつの部分もあるので、役者仲間は大抵、知りあいの舞台には顔を出す。

大学の同期や韋駄天の客にも、とりあえずフライヤーは渡してみたが、名も知らない劇団の旗揚げ公演に三千円払ってくれる人間などどろくになかった。

おまけに、先輩には前売り料金の二千五百円でいいと言われていたのに、いざ来てみたら受付で直海の名前がまったく通らず、いらぬ不快さを味わった。

——なんか、名前だけ言われても、わかんないよ。湯田直海とかって、マジ知らないし。あんた有名人かなんかのつもり？　楽屋へ確認しようとすらしないで、にやにや笑いながら問いかける態度の悪い受付の男にも、段取りの悪い先輩にもかなり苛立たされた。

（どうしても来てくれっつんなら、ちゃんと話通しとけっつうの）

予想外の出費に懐《ふところ》が痛いだけでなく、開演前からかなり不機嫌になっていたのだ。それでもせめて、芝居の内容がよければまだしもだが、芝居自体に目に余るものがあったとくれば、もう憤りの向かうさきがアンケートくらいしかなかった。

「ねえ、直海。俺も、書いたほうがいいのかな？」

律がこそりと耳打ちしてくる。間近にある、あまくやわらかい中性的な友人はそもそも演劇にあまり興味はない。あくまで直海のつきあいでこの場にいるけれど、今回の芝居はそういう問題ではなかった。

「つまんないならつまんないって、言っていいよ。あとで検討するだろうし」

「でも、せっかくやってたのに悪いかな、って……」

「律は、あいつら真剣だったように思えた？」

申し訳なさそうに言う律へ問いかけると、さらに困った顔になった。だろ、と直海が目顔で言うと、うん、と律もうなずく。

「なんか、ね。俺、芝居ってわかんないけどさ、内容がちょっとひとりよがりすぎ、かなあ。あと、台詞とちったりとか噛んだりとか多くて、練習あんまりしてないのかなと思った」

「はは、まんま書いてやれよ、それ」

直海が腹立たしいと思ったところを、素人の律は素直な感性で感じとっていた。あきらかに稽古が足りておらず、だらしないことこのうえないのが情けなかったのだ。

批判も非難も簡単だ。けれど他人を認めさせるオリジナルは本当にむずかしい。だが、なによりも旗揚げだとうたうならば、もっとマシなレベルで挑めと叱りとばしたくなる。

ここがはじまりで、ゴールではないのだ。体裁だけ整えて、趣味の『芝居ごっこ』をやっていくだけならそれでもいいのだろうけれど、劇団まで立ちあげたならもっと、せめて勢いだけでも、客席を引きつける気概がほしいところだ。

（こんなだれだれで、やってけると思ってんのかよ。やるなら本気見せろよ）

直海が不愉快に感じたこととはまた違う次元で気になる点が多すぎた。正直、この劇団のさきゆきが心配なのも実際だ。だからこそ、夢を見る仲間として苦言を呈したい面もあった。

シナリオのまずさ、役者の動きの鈍さ、なによりテーマとなる主軸の欠如など、事細かにびっちりと書いた最後に直海はこうもつけくわえる。

『それから、受付の人間はもう少し態度に気をつけたほうがいいと思う。少なくとも客を不愉快にさせるようなやりくちでは、芝居は楽しめない』

個人攻撃になりかねないけれど、これはこれで事実だ。まだ人手も足らず、手ずから運営していくような状態の劇団で、受付に回った新人が客を怒らせてしまえば、評判も落ちるし次の公演にも響きかねない。教育して直せるものなら、直したほうがいい。

ふたりしてガリガリと書いたあと、アンケートボックスにそれを放りこんで、その場をあとにした。送り出しに役者たちが出入り口にいたけれども、いろいろむしゃくしゃしていて、先輩には挨拶《あいさつ》する気にもならなかった。

無駄に長丁場の芝居のおかげで、外に出ると十一時を回っていた。律とふたり、駅に向かって歩きながら、直海はため息をつく。

「直海、これからどうする？　なんか食べてく？」

「んー、マックでいい？　あんま金ないし」

長丁場に凝り固まった身体を伸ばしながら言うと、律が眉を寄せる。

「ねえ、やっぱり俺、チケット代払おうか？」

「いいよ。一応、荷物預かってもらったし、お礼ってことで……まあ、あんなクソ芝居だとは思わなかったけど」

感謝を示そうと思ったのに、これじゃ礼どころか疲労感を味わわせただけだったなと直海が拝んでみせると、律はきれいな目をしばたたかせてかぶりを振る。

「お礼とかいいよ。ともだちじゃん？」

「律、でも――」

迷惑をかけるわけにはいかないと直海が言うより早く、律のふわりとした声が届く。

「直海はさ、俺みたいなテキトーな人種と違って、ちゃんと夢あるんだし。そういうのカッコイーと思うしさ」

　なんとなく大学に通って、なんとなく遊んでばかりの律からすると、明確な目標のある直海は憧れなのだという。

「いままで周りにいなかったタイプだから、すげえなって思う。べつに恩着せがましいことするつもりはないけど、ちょっとくらいさ、頼ってくれたっていいよ」

　並び立つと、直海より少し低い位置にある小さな顔いっぱいに笑みを浮かべ、純粋に慕っていると目を輝かせて見つめられて、直海は照れるほかない。

「……律はイイ子だなあ」

「んだそれ。ばかにしてんのか？」

「してない、してない。ほんとに」

　律のきらきらした目に、羞《は》じない自分でありたいと強く思う。

　下北沢の街のあちこちには、演劇関係のポスターやインフォメーションペーパーがべたべたと貼られている。掲示板関係だけではなく、喫茶店や雑貨ショップなどにもフライヤーが満載で、右を向いても左を向いても、有名無名取り混ぜた、劇団の名前が飛びこんでくる。

　このなかで、数年後、数十年後と生き残っていけるのは、いったいいかばかりなのか。母体の劇団が残ったところで、役者の面子《メンツ》は総入れ替え、というのもめずらしくはない。

（萎《な》えるなあ）

だらけた舞台のあとには、時間の無駄遣いをしたという情けなさと、自分も有象無象に埋没するのではないか、という恐怖心と不安を覚える。

逆に、いい芝居を観たあとには、高揚と同時に悔しさも味わう。けれどその敗北感に似たなにかに、自分を駆り立てるものがあるのだ。おのれを鼓舞し、負けずに自分もあの高みへのぼりたいと思わせる迫力と熱。

(俺は、もっと上にいきたい)

鮮烈な刺激がもっとほしい。腹のなかで持てあますようなこの熱を、きちんと観客に向けて、全力で放射できる場に立っていたい。

そのためにも、あと二週間後の二次予選には突破してみせるのだと、直海は強く思った。

起きあがれるようになってからは、ストレッチと走りこみ、発声練習は欠かしていない。萎えた筋力を取り戻し、チャンスを掴んでみせるのだ。

常にじわじわとつきまとう不安など、強気で跳ね返す以外なにもない。

確証の持てない未来は、傲慢なまでの胆力で掴み取るものだと、直海は知っていた。


マックで簡単に腹ごしらえをしたあと、律と別れて直海は帰途につく。

電車に乗るころには日付が変わっていたため、韋駄天の最寄り駅にはたどり着けず、これも鍛錬だと三駅分を走った。

息を切らしながら仮の宿にたどり着くと、まだ店には灯《あか》りがついている。営業日に同じく店じまいも大変アバウトな韋駄天だけれども、中垣ひとりの場合は彼の学業にもさし支えるため、深夜0時には閉店すると決まっていた。

もしかして、と思いながらのれんをくぐると、数日行方《ゆくえ》不明だった宮本が、カウンターのなかでのんびり煙草をふかしている。隣には中垣の姿もあり、カウンター席には寺脇がいた。

「——から、どうしておまえはそうなんだ？　逃げてるだけだろうが、そんなんじゃ」

一瞬、直海の足が止まったのは、妙に苦い寺脇の声が耳に飛びこんできたせいだ。

「どうしてってもなあ。俺は俺だろう、なあ、遼？」

「今回ばっかは、俺はなにも口出ししたくないんで」

（なんだ……？）

入っていいものかとためらわれるほど、男三人の間に妙な重たい空気が流れていた。だがここで立ち往生するわけにもいかず引き戸を開けると、彼らは一斉に入り口へと顔を向けてきた。

「……おう、直海か。おかえり」

「た、だいま」

ひとり飄々としている宮本に帰宅の挨拶をうながされ、怪訝《けげん》に思いつつ応える。

こっちにこい、と手招かれ、どうぞと椅子《いす》を勧める寺脇の隣に腰かける。

「なんだ汗だくで」

「いや、終電終わったから、走って帰ってきた」

「そっか。メシ食ってきたか？」

若いな、と宮本は目を細めておしぼりを差し出し、問うてくる。礼を言って汗をぬぐいながら「ハンバーガー食った」と答えると、それじゃ足りないだろうと宮本は笑った。

「なんか入るなら作ってやるよ」

「……宮本さんが？」

どういう風の吹き回しだと、直海は目を瞠った。居候生活の間、いつも直海に食事を作ってくれるのは中垣だけで、宮本がカウンターに立っている姿などろくに見たこともない。

「今日、芝居観にいったんだろ。どうだった」

「あー、クソだった。おまけにチケットも高くてむかついた」

「はは、クソか。さんざんだな」

おまけに、妙に積極的に話しかけてくる。どこかわざとらしいような態度に困り果て、寺脇を見れば肩をすくめるリアクション。中垣に視線を向ければ、相変わらず無愛想な男前は、無言でエプロンをはずしていた。

「じゃ、宮本さん、俺、あがるんで」

「おう、お疲れさん」

直海には軽く目顔で「じゃあな」と告げると、そのまま遼太郎は店を出て行ってしまう。なんとなく、面倒ごとに関わりたくないというような気配を感じたけれど、口に出せる雰囲気ではない。

「……俺も帰るよ。直海くん、胃腸に不安がないようなら、しっかり食べて肉つけてね」

「あ、はい」

おまけに今度は寺脇まで席を立つ。もしかしてなにか邪魔《じゃま》をしたんだろうかと眉をひそめていると、コートを手に取った寺脇はまっすぐにいとこの顔を見つめた。

「ハジメ、いいか。ちゃんと俺の言ったことを考えろよ」

「はいはい。孝ちゃん、お疲れさん」

なにやら意味不明の会話にも、緊迫感は漂っていた。ひどく顔をしかめた寺脇は、わざとらしいほど大きなため息をついて去っていく。

ぴしゃん、と引き戸の閉まる音がして、見送っていた直海は意味もなく頰を掻《か》いた。

「……直海、悪いけどのれん、しまってくれるか」

「あ、うん。いいよ」

居候の身だ、手伝いをするのは当然だろう。まだなんとなく奇妙な気分を引きずりつつ、直海はすっかり慣れた手つきで染め抜きののれんを片づけ、施錠した。

「材料残ってるから、いま蟹《かに》のあんかけオム作ってやる」

「え、まじ？　あれ食べたかったんだ」

韋駄天には定番メニューというものがない。適当に仕入れの品から、中垣と宮本がその日できる料理を作るのだ。とろみのついた蟹あんのかかったオムライスはレアメニューらしく、常連らがうまいと語っていたのを耳にして、直海も食べてみたかった。

「なんか飲むか……って、そうかおまえまだ十九か」

「あー、まあ、一応ね」

直海は未成年なので、この店のなかでは酒は出されない。むろん劇研の打ちあげや、年齢をごまかしているバーでのアルバイトで慣らされているので、けっこう強いほうだとはわかっているが、モラリストの寺脇がうるさいのだ。

「すぐできるから、それ食って待ってろ」

座りなおすと、テーブルにはいかと里芋《さといも》の煮物と、お通しの残りだろう、茎わかめと海鮮の酢の物が並べられる。

「あ、ありがとゴザイマス」

ぺこりと頭をさげ、さっそく煮物に手をつける。ほっくり煮えた里芋はよく味が染みていて、冷めていてもうまい。

しばらくもくもくと食べていると、手早く一品を作った宮本から「ほれ」と皿が差し出された。金色にとろりと流れる半熟卵に、これも半透明の白っぽいあんには、ネギとタラバガニがふんだんに使われている。おそるおそる崩してなかを見れば、ライスも同じカニを使ったチャーハンのようだ。

焦がしネギとガーリックの香りが鼻腔を満たし、直海はごくんと唾を飲んだ。

「なんか、高そうなんだけど、いいの？」

「ガキは値段気にせず食え」

じゃあ遠慮なく、とオムライスを口に運ぶ。中華風の味つけのなされたそれは、とろとろの卵とあんもむろんだが、ぷりっとしたカニ肉が口のなかではじけるようだった。

「むちゃくちゃ、うま！」

「そりゃよかったな」

思わず叫ぶように告げると、立ったままコップ酒を口に運び、宮本は目を細める。なんだか孫を見る爺《じい》さんのような目つきだと複雑になりつつ、直海は美味なるものをかきこんだ。

そしてなかほどまで食べたところで、ちらりと上目に宮本をうかがう。居着いて二週間も経つというのに、ふだん、飄々としているこの男とは、じつはふたりきりでまともに会話する機会は少なかった。

「あのさ、この間じゅう、どこ行ってたん？」

「北海道。これはその土産。漁港からとれとれのを直接運んだから、ほんとの産地直送だ」

「うわ、まじすか」

どうりでうまいはずだ、とレンゲをくわえたまま、ごろりと大きなカニ肉を眺める。

(ほんと、変なおっさんだ)

酔狂と思って好きにすればいいと言われたあの日から、本当に宮本は直海に対してなんら要求しない。いるもいないも好きにすればいい、という態度だが、基本は親切だし、こうして食事も与えてくれる。

だがそれは直海だからではなく、誰に対してもそうなのだ。常連客で払いが悪いものもなかにはいるが、まったく請求する気配もない。このカニにしても時価にしたらけっこうなものなのだろうに、たぶん運送費そのほかは実費だと、宮本は激安価格で客にふるまったに違いない。

「宮本さん、こんなんで店やってけてんの?」

「さあなあ」

「さあなって、なんだそれ」

「遼に最近まかせっちまってってからなあ。まあ、あいつが怒鳴らないとこ見ると、とんとんなんじゃねえか?」

学生アルバイトに経理までつけさせているのかと呆れたが、まあ宮本ならさもありなんと思う。たしかに寺脇もため息をつくわけだ——と思い、直海ははっとなった。

「えーと、あのさ。さっき俺、なんか邪魔したかな」

「……いや、助かったくらいだ。孝ちゃんに説教されてたからな」

それが常の、のほほんとした口調では、ごまかしなのか事実なのか、さっぱりわからない。そして直海は、宮本にそれを追及するほどの関係性もないし、彼のこと自体ろくに知らないような立場だ。

「なあ、俺、手伝えることあれば、手伝うよ？　ただ飯ぐらいは、やっぱ悪いし」

「いらねえよ。この店の厨房《ちゅうぼう》は俺と遼が入ったらいっぱいいっぱいだ」

目尻に皺《しわ》を作って、宮本は笑う。

「芝居、集中してえんだろう。誰かが手伝ってくれるってときは、黙って力借りておけ」

「でも、俺、なんも返せねえよ」

申し訳なさすぎる、と直海が肩をすくめると、大きな手のひらが伸びて、額を軽く叩かれた。「いて」と顔をしかめると、宮本はにっと唇のはしをあげる。

「若いうちは、自分で全部やりきれるなんて、突っ張ってるもんだがな。ひとりの人間の手で持ってられる荷物はそう、多くねえんだよ」

真っ黒で澄んだ目が、直海を見つめる。

宮本は直海を見るとき、穏やかだが、どこかなつかしいものを見つめるような顔をする。

その正体はなんだろうかと、いつも不思議でたまらない。

「本当に、困ってるときにな。誰かにしてもらったことは、恩は、その相手に返さなくてもいいんだ。その代わり、おまえがそれを感謝しているなら、どこかで誰かが困っているとき、助けてやりゃいい」

「誰かに……？」

「そうやって世の中まわってくんだとよ。誰かの受け売りだがな」

諭すような言葉なのに、押しつけがましく感じない。その正体は、声のなかにほんのり混じる投げやりさだろうか。

「じゃあ、宮本さんも、誰かに困ってるとき助けてもらったのか？」

問いかけると、宮本は無言で微笑んだ。そして、いつもこの男の笑顔は苦笑に近いなと直海は思う。しばらく観察するうちに、彼の眉間《みけん》に、厳しさを知った人間特有の、力を抜いてもほどけない、深い皺があるせいだと気づいた。

「いま助けてもらってるだろう。遼も、孝ちゃんも、ほかにもいろんな連中がいる」

「若い、うちは？」

食いさがると、宮本は答えないまま酒をすすった。安っぽく見えるコップのなかに満たされているのは、じつのところ東北地方の名酒と言われるそれだと知っている。

「忘れたなあ」

のんびり笑い、宮本はまた苦笑に似た表情をした。けれどもうその目は直海を見ない。

「食って、風呂入って、寝ろ。明日はまた、稽古があんだろう」

目を伏せた宮本の睫毛は意外に長くて、その奥がどんな色をしているのか、直海はわからないままだった。

＊　＊　＊

ラジオゾンデの二次オーディション会場である、新宿のスタジオには、喜納昌吉《きなしょうきち》&チャンプルーズの『騒乱節』が流れている。北海道渡島《おしま》半島の民謡、ソーラン節をベースにしたパンクナンバー。その歌詞は、本来大漁節である原曲とは違い、政治的な民族問題をにおわせる、いささか皮肉なものだ。

壁際には、簡易テーブルとパイプ椅子、そして主宰の和田と旗揚げ時からのメンバーであり、現在テレビや映画でも人気の俳優である吾妻桂介《あずまけいすけ》をはじめとした、ラジオゾンデの主要メンバーが選考員として並んでいた。

そちらに向いて、まるで中学か高校の全校集会かのように、直立でずらりと並んだ一次予選突破の入団希望者たちは、一様に緊張した面持《おもも》ちでいる。

（うえ、星川《ほしかわ》まで来てやがるのか）

子役あがりのタレント俳優として活躍している星川光教《みつのり》は、居並ぶ顔ぶれのなかでも頭抜けた長身と、そして『芸能人』オーラをかもしだすあまい顔だちとで、ひときわ目立っていた。まだドラマなどでは当たり役はないが、テレビのバラエティでも準レギュラーとして活躍しており、顔に似合わぬどぎつい関西弁とシモネタのギャップで、そこそこ人気がある。

（こんな有名人まで、受けに来るのか）

あらためてラジオゾンデ入団オーディションの門の狭さを思い知った直海は、和田の隣で、なにかの書類を彼に差し出している女性の姿にも目を瞠った。

（あ、比良方《ひらかた》先輩もいる……）

同じ大学の一学年上で、高校時代からラジオゾンデに入っていたという比良方弥子《やこ》は長身で中性的な美貌の女優だ。高校演劇でも全国に名を馳せた有名人で、幾度か顔をあわせたことはあるが、さして親しいというほどではない。

さすがに比良方は選考員ではなく、アシスタントの立場なのだろうけれども、彼女はすでに『あちら側』の人間なのだ。自分もあの場所に近づいてやると、直海は拳を握った。

いろいろと、考え得るだけのパターンはシミュレーションしてきたが、今日のテスト演目はマイムにエチュードと面談だ。つまり、ぶっつけで和田の出すお題をクリアしなければ、どうにもならない。

（すげ、緊張する）

一次のときとは比べものにならないプレッシャーが、ずしりと肩に重い。固唾《かたず》を呑《の》んで指示を待っていると、鋭い目をした和田が、マイクを取りあげた。

『それじゃ、いまから呼んだ番号のひと、前に出て、この曲にあわせて踊って』

挨拶も前置きもなく、唐突な指示が出て一瞬ざわついた。しかも、その内容は事前に聞いていたものではなく、ダンスときた。本来の民謡そのものなら、まだいい。公式な踊りのビデオまで販売されている『よさこいソーラン節』などは有名で、直海も見たことはある。

しかし、この『騒乱節』はまるっきりはじめて聴くもので、原曲からかなりアレンジされていて、テンポもなにもまるで違う。完全にこの場で即興のダンスを披露する以外にない。

(性格わる……っ)

事前通達と違う、これもテストのうちなのだろう。直海が顔をしかめていると、よく通る声が「無茶言うなあ、和田サン」とぼやいた。関西のイントネーションに、それが星川であることがわかった。

『よさこいソーラン節なら知ってるだろ。あれのアレンジでいい、踊れ』

にやりと笑った和田は、そこでマイクを置いた。隣にいた、制作スタッフらしい眼鏡の男性があとをひきとり、書類を読みあげる。

『一番、七番、十三番、十八番、二十五番、……前へ出てください』

七番は直海だった。誰よりもさきに前に進み出ると、続いて足を踏み出したのは星川だ。

一瞬出遅れたことに気づいたのか、皮肉な笑みを浮かべた彼に釣られたように、困惑顔の面々があとにならう。

（まあ、やるしかねえか）

和田がＣＤの音楽をスタートさせる。流れてきたギターと三味線の音、足先でリズムを取った直海は、誰より先頭で声を張りあげた。

——どっこいしょお！


とりあえずひととおりのテストが終了し、着替えに入ったロッカールームで直海はぐったりうなだれた。

「……つっかれた」

度胸試しのようなダンステストの途中、殴打のあと治りきっていない右腿《みぎもも》と脇腹が痛んだが、気合いで乗りきった。しかし出来はよいとは言いがたいだろう。

ろくに聴いたこともない曲、しかも民謡アレンジのパンクという、なんともノリにくいそれに、皆がペースを狂わされていた。あげくに、全員が踊りきったあと、マイクを持った和田のひとことはかなり頭に来るものだった。

『全員、頭も身体もかってえなあ。最悪だ』

にやにや笑いはそのまま、小ばかにしたような言葉ひとつで第一テストは終了。その時点ですでに和田は、次々とテスト生たちを切り捨てていた。

残った面々は休む暇もなくエチュードに入ったが、これがまたひとりずつ、その場で和田が思いつきのように与えるお題目にあわせての即興劇だ。

手元にあった台本の一節を読みあげ、その場でやれというパターンもあれば、適当に積みあげてあったCDケースから歌詞カードを取り出し、それをドラマに作りあげろと言ってみたり。

ひとりにつき二分という制限があったが、次から次へと繰り出されるお題にも面くらった。おまけに気になった者には二度、三度とテストが繰り返され、直海は三回、即興劇を演じさせられたが、それは見こみがあるからというばかりでもない。複数回エチュードをやらされた末、「いらん」と会場を出て行かされた者もいる。

結果、ふるい落としはかなり時間がかかった。あげく本来予定されていた面談は、和田の『めんどくせえ、もういいや』のひとことで中止。

(まあ、俺口悪いから、ちょうどいいけどさ)

幸い直海は二次の合格も決定したが、すべてのテストが終わった時点まで残っていた顔ぶれは、当初の三分の一以下になっていた。むろんこの日いちにちですべての応募者がこなせるわけもなく、一次に残った連中の残りは、あと二日ほどべつの機会を設けられるらしい。

終わりよければ——とはいうものの、とにかくしっちゃかめっちゃかなオーディションだったと息をつく直海の耳に、ふて腐れたような声が聞こえた。

「さいっあくだよ、もう……」

「なんだったんだ、あれは。あんなのありかよ」

のそのそと着替える面々のなかで、半数ほどがうんざりした顔をしている。いずれもその場で和田に「おまえいらない」と切って捨てられた顔ぶれだ。

声のしたほうをちらりと眺めて、直海は「あ」と小さく声をあげる。

（あいつ、あのときの……）

愚痴《ぐち》を言いながら、苛立たしそうに舌打ちしてロッカーのドアを叩きつけるように閉めたのは律と観に行ったしょぼい芝居の受付をやっていた感じの悪い男だった。直海が思わずあげた声を聞きとがめたのか、男はゆっくりと振り向くなり、いやな嗤いを浮かべた。

関わるだけ面倒だと、軽く頭をさげてすまそうとしたが、唇の右端を皮肉っぽくつりあげた男は陰険な目をして近づいてくる。

「よお。湯田直海。二次突破おめでとう」

「……ども」

いきなり呼び捨てかとむっとする。だが、こうもひとがごった返すなか、しかもライバルとなる顔ぶれの前で、顔に出すのは愚の骨頂だと直海は平静を装った。

「先日は悪かったなあ。あのあと、畑さんにも怒られたよ」

いかにもおまえのせいでとばっちりを食ったと言いたげな男の口調は、なんだか粘ついて不快だった。そもそも、いま蒸し返すことかと直海は眉をひそめる。

「でも、湯田は畑さんの後輩なんだよなあ？　挨拶にも来ないってのはどうなんだって、畑さんけっこう怒ってたぜ？」

「終電なくなりそうだったんで、急いでたんですよ」

汗を拭いた直海は頭からTシャツをかぶることで目を逸らした。だが相手は直海の肩に馴れ馴れしく手をかけ、執拗《しつよう》に絡んでくる。

「それでも顔出してちょこちょこっと挨拶するくらいさ、できんじゃん。それともなに？　やっぱ、オーディション落ちるようなやつとは口もきけない？」

「そういうわけじゃないけど……」

湿った手のひらの感触に不快感だけが募り、疲れと苛立ちがピークにきたまま、直海は口を開いた。

「そもそも、あんた誰ですか」

「は……？」

「さっきから呼び捨てとかしてくれてるけどさ、名乗られた覚えもないんだよね。畑さんの知りあいかもしんないけど、俺、受付の兄ちゃんってしかあんたのこと知らないし」

目の前の男は、みるみるうちに真っ赤になった。当然だろう。役者志望の連中は、大なり小なり自意識過剰なところがある。俺を知っているのはあたりまえだろう——そんなうぬぼれを、直海は真っ向から引っ掻いてやったのだ。

「おまえ……っ、あの日、舞台、観てただろう！」

ばん、と男はロッカーを拳で殴った。剣呑な声と音に、さすがに周り中がざわつきはじめる。ちらりと視線をめぐらせれば、にやにやと笑ってこちらを見る星川がいた。

（うぜえ）

こんな衆人環視のなかで、簡単にキレる男も、そんなばかを挑発した自分にも苛立ちを覚えたが、もはや直海も止まれなかった。

「半分寝ながらね。つまんなかったし」

「クソミソにアンケートに書いたくせにか!?　畑さんすげえ怒ってたんだぞ！」

「なんでも畑さんのせいにすんなよ。怒ってんのはてめえだろ」

この、と呻いた相手が襟首を摑んでくる。怯《ひる》まず、直海は睨み返した。

（怖くもねえや）

なにしろつい先日、プロの連中にボコにされたばかりなのだ。暴力を生業《なりわい》にする大人たちに比べれば、ただ意気がっているだけの役者の卵など、なんの脅威でもない。

殴るなら殴れ。そんな目でじっと睨みつけていると、ついに拳が振りあがった。だが直海の顔にそれが迫るより早く、平坦で冷たい声がする。

「協調性なし、言葉も態度も最悪――って、面談あったら評価されたわねえ」

はっと声のほうを見やれば、比良方が呆れたような顔で腕組みをしている。まだ半裸の男どもがずらりと居並ぶなか、堂々となかにはいってきた彼女は直海たちを冷ややかに睨《ね》めつけた。

「喧嘩ならよそでやって。殴りあって怪我するのは勝手だけど、備品でも壊されたら、弁償はラジオゾンデがすることになる」

男は比良方の言葉に、ふんと顔を逸《そ》らすだけだった。軽蔑したような目を一瞬見せた比良方は、次に直海へと向き直る。

「湯田もトラブッてんじゃないよ。あたしが恥ずかしい。同じ大学なのは、うえの連中にも知れてんだからね」

「すみませ、……っ！」

謝罪の言葉を口にしかけた直海は、いきなり打撲の治りきっていない脇腹をぐっと摑まれて呻く。容赦のない細い腕を払いのけ、身を屈《かが》めた。

「なに、すんですか！」

「よっぽど痛いことが好きなのかと思ったんだけど、違うんだ？」

「そんなわけ、あるかっ」

どういう女だ。睨みつけていると、比良方は器用に片方の眉だけあげてにやりと笑う。並び立って見るとずいぶん背の高い女で、直海ともさして目線が変わらない。おそらく一七〇センチは越えているだろう。

「さっさと着替えて帰りな。あと、関西弁タレントにもお礼言えば？」

「え……」

どういう意味だと振り向けば、星川が携帯を手にしたまま左右に振ってみせる。どうやら、ロッカールームのもめごとを比良方にご注進あそばしたのは、あの男のようだ。

「弥子ちゃん、俺の名前は星川やって。関西弁タレントとか言うのやめてよ」

「あんたにちゃんづけとかされる覚えないけど？」

「えー。さっき、デートしてくれる言うたやん。なあ、どこのホテル行く？」

いきなりなまなましい話をはじめた星川に直海は顔をしかめるが、比良方は平然としたまま星川を見あげた。

「誰があんたと寝るって言った？」

「ええやん。しよ、セックス」

「あんたテレビで観たまんまだね。股間に脳味噌ついてんじゃないの」

テレビでも名の売れたタレントが、こんな場で堂々女を誘うのかと呆れかえった。しかし比良方の切り返しもまた、とんでもない。そしてますます星川は、嬉しそうに笑った。

「ええなあ、気の強い女ダイスキや。そのきっつい口に、俺のチンポくわえさせたいなあ」

セクハラを通り越した発言に、全員がぎょっとした。

(な、なに言い出すんだこいつ)

星川のインパクトありすぎの発言のおかげで、もはや直海とさきの男のトラブルなど星のかなただ。唖然《あぜん》とする周囲をよそに、比良方は「はっ」と鼻で笑って背中を向け、さっさと立ち去ってしまった。

「ちぇ、やっぱあかんか。おカタイ女やんなー」

「は、はあ……」

話をふられたのはなぜか直海だ。なあ、と悪びれず笑う星川に、あわてて周囲を見まわすが、度肝を抜かれた誰も彼もが目を逸らしている。もめた相手も、いつの間にかいなくなっていた。

「なあなあ、俺のことは知ってるやろ？」

さっきの男のことは知らん言うてたけど、とにこにこ笑う星川の意図が計れないが、妙な迫力に押されて直海は口を開く。

「えーと、星川光教、……サン」

「あはは、そのとってつけな『サン』、ええなー。フルネーム呼び捨てされると、芸能人扱いされてるぅって思うわなあ、湯田直海」

ばしばしと背中を叩かれ、本当にこいつは星川なんだろうかと直海は引きつった顔をする。

「な、おまえ、弥子ちゃんと同じ大学なんねやろ？　ちょっと彼女の情報教えて」

「べつにそんな親しい知りあいとかじゃ、ないすよ」

「よし、飲みいこ。メシ食わすから。おごるから」

決まり、と明るく笑う星川は、まるでひとの話を聞いてくれない。

「いや、だからですね。なんで俺があんたと……ちょ、ちょっと？」

結局わけがわからないままに、直海は強引な星川に腕を引かれ、その場を連れ出されてしまった。


新宿にある飲み屋は、格安から超高級までずらりとある。芸能人が御用達の店となるとどのあたりなのかと下世話なことを思っていた直海は、全国チェーンの居酒屋に連れていかれ、むしろ驚いた。

店内は和風にしつらえられ、暗めの照明とそれぞれの席を区切る衝立《ついたて》のおかげで、個室風な造りになっている。たしかに顔の知れた星川でも、問題はないと思うが。

「こういう庶民なとこ、来るんすか」

「え？　俺庶民やん。ばりばり。……あーえっと、つくねと豚キムチ、それから生中ひとつ」

店員にオーダーした星川は、直海が明太子パスタとコーラを頼んだことに驚いていた。

「なん、飲まへんの」

「未成年なんで」

「やって、大学生やろ？　ええやん、べつに」

飲めと勧められても、うなずけなかった。ここは韋駄天でもないし、めざとく見つけて叱りつけてくる獣医や、世話になっている店長もいない。けれどなんとなく気が進まない。あっという間に届けられた料理も、冷凍ものを解凍しただけなのだろう。そこそこまずくはないが、あの店の料理とはやはり比べものにならないな、と思う。

「……本選、受かるまでは禁酒してるんで」

複雑な内心を初対面の相手に語るわけにもいかず、直海が適当にもっともらしいことを言うと、「なるほどな」と星川はうなずいた。

「で、あのー、星川さん」

「星川でええよ。トシそんな変わらんやろ」

公開されているプロフィールでは、たしか星川は中垣と同じ二十一歳のはずだ。高校までバレー部に所属していたあのでかい男は体育会系気質で、目上を立てろといつもうるさい。

（やっぱ、環境でひとって違うよなあ）

なにより、星川と馴れあいたいわけでもない。今日の二次予選で半数が消えたものの、まだオーディションは終わっていないし、一応はライバルということになるはずなのだ。

「とにかく、俺比良方さんと親しくもないですよ。同じ大学っても、接点ないし」

「なんで？　劇研とか同じとこやあらへんの？」

「うち、演劇関係盛んなおかげで、いくつもサークルとかあるんです」

直海と比良方では所属しているグループが違うのだと説明すると「そんなもんか」と星川は興味深そうにうなずいた。

「俺やら、中学もろくにいってへんから、大学とかようわからんなあ。学がないからふられるんかなあ」

唸《うな》る星川に、そういえば子役あがりだったかと思いだした。

最近のタレントは将来性を考えて大学にも進むものは多いが、芸能活動と学業の両立は相当にむずかしい。星川は母親が有名なステージママで、成人したいまはともかく子役時代にはべったりと貼りつき、息子をスターにするべく血道をあげていたと聞いたことがある。

(意外に、自由もなかったのかな)

芸歴の長さには、苦労もつきまとっていただろう。しかし直海は、そういう話じゃないだろうと呆れた顔を見せた。

「いや、根本のところが間違ってるから。あんたのシモネタは男もドン引きだし。そもそもあんな誘いかたじゃ、女には顰蹙《ひんしゅく》買うだけでしょ」

「そおかあ？　やらしてくれる女もけっこうおるけどなあ。俺、こういうキャラやし」

「キャラって……ふだんからそうなんですか」

たしかにシモネタ好きのキャラは有名だが、もしやテレビでは相当場面がカットされているのじゃなかろうかと問いかけると、そのとおりだと星川は笑った。

「ま、関西弁やし、東京弁よりノリ軽く聞こえるから、得しとんのやろなあと思うけど」

「はあ……」

「あ、そういえば直海はどこ出身？　やっぱ東京？」

もう呼び捨てかと呆れつつ、地元の県名を答えると、星川は首をかしげた。

「東北のわりに、訛《なま》りないいな。そんなすぐ直したん？」

「あ、俺、小さいころ教育番組好きだったんで。ＮＨＫの番組で言葉覚えたから」

「へえ。正しい発音、そういうころから覚えたら、そりゃ苦労はせんわな。なるほどお。ようお勉強してはったんやな」

「いやそんなおおげさな話じゃないと……」

感心したように声をあげてみせる星川に、直海は苦笑し、流そうとした。だが、へらへらと軽薄なくらいに笑いながらの言葉に、硬直する。

「どうりでおまえの芝居って、つまらんよな」

「……は？」

「エチュードもな、俺見とったけど。文庫の一ページぶん、やってみせろいうお題やんな、ジブン。小難しい単語、きっれーな滑舌《かつぜつ》で言いきっとったけど、なんもおもろないわ」

バラエティでも好感度が高いと言われる、それこそシモネタさえ許される爽《さわ》やかな笑顔のまま、ジョッキを手にした星川は饒舌《じょうぜつ》に語り続ける。

「なんちゅうの、めっちゃ優等生って感じ。あと頭のいいの鼻にかけてるよな？　俺はお勉強もできますー、みたいな。そやから台詞とか字面で追ってるだけで、中身ぺらっぺらやん」

けろり、からからと笑いながら言う星川に、直海はどう反応していいのかわからない。

ロッカールームで絡んできた男のように、悪意剝きだしなら対処もできる。しかし、言葉だけは痛烈なのに、星川の声も表情も、まるっきりそんな気配がないのだ。

さきほど比良方にぶつけた、ぶしつけな言葉と同じ。どこまで本気かまるで読めない表情と声で、どこまでも明るい。

（なんだ、これ）

ぽかんとしたままいきなり批判した男を見つめていると、ごくりとビールを飲んだ星川は、唇のうえに泡をつけたまま、軽やかに言った。

「あ、ごめんな？　いやなこと言うた？　でもしょうがないよな、ほんとのことやんな？」

「は……あ」

あまりにあっけらかんとしているため、怒り損ねてしまった。なんなんだろうこの男。呆けるままじっと目の前の整った顔を眺めていると、いきなり顎に指がかかった。

「な、なんすか」

「んー、うまそなクチビルやな、思て」

「は？」

にやあ、と笑った星川の顔が近づいた。そしてむにゅりと唇に、なにかやわらかいものが触れる。

（なにこれ）

くるくると変わる印象、万華鏡のような怒濤の言葉に惑わされ、もうなにがなんだか、と思っていたら、今度はキスをされた。

唇が離れる際、んちゅ、と音が響いても、まだ直海に現実感はない。さすがに口のなかまでは舌を許さなかったけれど、呆然《ぼうぜん》とする間にけっこう好き放題吸われた唇が、妙にひりついた。

（なんだ、いまの）

もはやどう反応していいのかすらわからないでいると、彼はにやっと笑った。

「二十歳になったら、また飲みに行こ。俺、おまえとは気があうと思うんよ」

「……俺、思わない」

「そうつれないこと言うなや」

拳で唇を拭ってみせても、星川は笑っている。その目に性的な光はない。どう考えても、惚《ほ》れた相手にしかけるというニュアンスではなく、ただのいやがらせまじりのいたずらだ。

（悪趣味）

なにもかも規格外で唐突な星川の行動に、直海は打つ手もなく沈黙した。

「ほれ、パスタ冷めるやろ、はよ食い」

そしてまた唐突に会話を打ち切り、どこの女性タレントの胸がエロかった、などとシモネタを連発する男に、理解不能だ、という言葉しか浮かばない。

直海は、とにかく早くこの場を去るべく、冷めかけたパスタを口に運ぶほかなかった。

＊　　＊　　＊

世の中は広い。あんなわけのわからない人種がいていいのかと、なかば惚《ほう》けたまま直海は帰途についていた。

あのあと、食事をすませてさっさと逃げるのに精一杯で、会話の後半はろくに覚えていない。ただ、とにかく星川が、果てしない節操なしのエロエロ野郎だということだけは理解した。

たぶん、本当にその場のノリでキスをしただけだというのもわかっている。あの場にいたのが他の誰か――たとえば比良方であっても、星川は同じ行動を取っただろう。むろんあの鉄の女が、直海ほど簡単にキスを奪われるとは思えないが。

（けど、あれは、セクハラなんじゃないのか？）

駅からの帰り道、韋駄天への道をまっすぐ歩きながら、あまりのことに停止していた思考と怒りがよみがえってくる。

じわあ、と目元が滲んだ。なんだか、ひどい辱めを受けたような気分は、どうしてだろうと自分でも思った。

たかがキスだ。直海も完全にまっさらとは言わないし、芝居でもプライベートでも唇を重ねたことは何度もある。なのに、どうしようもなく不愉快で、たまらなかった。

歩幅もだんだん広くなり、肩がいかっていくのがわかったが、遅すぎた憤りは行き場をなくしてうずまき、もはや見慣れたのれんをくぐるころにはピークに達していた。

「――ただいまっ！」

ぴしゃん！　と引き戸を開けて言い放った直海に、店内の客と宮本、そして中垣はびっくりした顔で見つめてくる。そして一様に「ああ……」と痛ましげな顔をした。

「こっち、来い。湯田」

いつもながら偉そうな中垣だが、それでも顎をしゃくって呼びつけるのはめずらしい。なんだろうと近づくと、店内にいた常連客らが次々と口を開いた。

「メシ食った？　店長になんか出してもらえよ」

「疲れただろ、ここ座りな。おごってやる」

「へ……？」

おいでおいで、と手招かれ、なぜ皆そろって妙にやさしい声を出すのかわからないまま、カウンター席に座らされた。そしておしぼりを渡され、なんだかわからないうちにグラスまで持たされる。

「あ、あの、なに？」

「今日は飲んじゃえよ。いいだろう、寺脇さん」

「……まあ、しかたないかもね」

「おいしいもん食べて、頑張れよ？　チャンスはまだあるからな？」

ここにいる面子は全員、直海が今日オーディションだと知っている常連ばかりだ。ようやく直海にも状況が摑め、「ささ、一献……」とビール瓶《びん》を傾けられる直前に、あわてて叫んだ。

「ちがっ！　落ちてない！　二次、受かったから！」

その瞬間、場の全員がぴたりと固まる。

「まぎらわしい！」

「早く言いなさいそういうことは！」

そして、中垣は思いきり顔を歪めて使用済みのおしぼりを直海の顔に叩きつけ、寺脇がビールグラスをひったくる。

唯一無言だった宮本はにやにやと笑うまま、くわえ煙草をぷかりとふかすばかりだ。

直海の二次予選合格祝いという恰好のネタで店は盛りあがったが、夜も更けてひとり減り、ふたり減りして、店じまいとなった。残ったのは宮本と直海のふたりだ。

「俺、ただの酒の肴《さかな》じゃん……」

「まあ、お疲れさんだったな」

妙な勘違いをさせるなとひとしきり説教をくらったのは理不尽にも思えたが、居候しているだけの自分を心配してくれたことは素直にありがたかったので、直海はあまんじて皆のつっつきを受けとった。

それでも怒濤の一日のシメがこれかと思えば疲労も著しく、カウンターテーブルでぐったりしていると、枡《ます》に入ったグラスが目の前に置かれる。

「……なに？」

「これは俺から一杯。祝い酒だ。飲めよ」

「えっ、いいの？」

「もう孝ちゃんも帰ったしな。……内緒だぞ？」

頑張ったなと目を細めた宮本に、やっとほっと息をつくことができた。ようやく、ひとつ難関を越えたのだという実感を味わった直海は、香りのいい酒に口をつける。

「うまいだろ」

「うん」

地元、東北産のするりとした喉ごしの冷酒は、疲れた身体に染みた。適当につまめと出された、その日の残りものも、さきほどのチェーン居酒屋で食べた油っこいパスタの味を忘れさせてくれる。

終わりよければすべてよし、さんざんな一日だったが少しは報われたと口元をほころばせていると、宮本がのんびり問いかけてきた。

「んで、なにがあったんだ？」

「……なにがって、なにが」

「あんな血相変えた涙目で帰ってきたんだ。なんもないわけ、ねえだろ」

心配を滲ませた声に、どう答えればいいかわからなかった。怒るほどのことが、果たしてあったのかなかったのか、自分でも決めかねている。そのくせ気持ちはぐらぐらで、いまはなにを言っても愚痴にしか聞こえない気がする。

（みっともねえのは、やなんだけどな）

それでも、聞いてほしいと思っている自分もどこかにいるのだ。

迷うままうつむいた直海の頭に、いつものように大きな手のひらが、ぽん、と乗せられる。

「二階《うえ》行って、飲み直すか？　灯りついてると、またぞろ誰か来るかもしれねえし」

このアバウトな店は店長よろしく客も強引でアバウトだ。のれんをはずしたところで、灯りが漏れていると常連らが急襲してくることがある。

「片づけたら行くから、さきあがっとけ」

こくりとうなずいて直海が立ちあがると、「もってけ」と焼酎と日本酒の酒瓶をふたつ、持たされた。


はじめて足を踏み入れた宮本の部屋は、本だらけだった。

「なんか、めちゃくちゃな品揃え……」

つぶやいて、あれこれと眺める。推理小説や時代小説があるかと思えば、小難しそうな哲学の本、紀行ものにエッセイに古典、純文学、中高生向けのエンターテインメントもの。そして、文芸系の小説雑誌のバックナンバーがいくつかと、まったく頭の中身がわからないめちゃくちゃさだった。

「こんな古い雑誌まで、とっとくことねえのに」

だが、かなりの読書家なのはたしかだ。そして使いこまれた辞書やなにかを見るまでもなく、宮本があの飄逸《ひょういつ》とした容貌からは想像できないほど、頭がまわる男なのではないかと感じ取れる、そんな書架だった。

直海の気を惹《ひ》いたのは、寺山修司《てらやましゅうじ》の本だった。『書を捨てよ、町へ出よう』は寺山作品としてもメジャーなタイトルだが、直海はまだ読んだことがない。ぱらりとめくってみると、開きぐせでもついていたのか、あるページが開かれた。

『笑いたい奴は笑えと言いながら、本当に笑われる覚悟がついてる奴なんか、そうそういるもんじゃない。』

(なんだ……?)

紙面の余白に、ボールペンで記された走り書き。

『ルサンチマンという言葉を、憐《あわ》れみを持って使用する連中は、その言語すら知らない、しかしそうした精神活動に根ざしたひとびとがいることもわからないのだろう。』

『謝罪は、たしかに許されたい側の自己満足でもある。けれども、なにかしでかした人間が、謝っても許されないからと、謝らなくていいなんて、そんなばかな話はない。』

ぱらぱらとめくると、また一文。次にまた一文と現れるそれは、まったく本の内容自体とは関係ない文章だった。

けれど、憤りに似た感情を滲ませる内容も、右肩あがりの硬い字も、妙に目に飛びこんでくる。思わずじっと眺めていると、背後から声がかけられた。

「お、なんだ座ってろよ」

「わっ」

すらりとふすまが開いたことにも気づかずにいたせいで、直海はあわてた。ぱんと音を立てて本を閉じた。とっさにうしろ手に隠したが、宮本はなにも気にした様子がない。

「まだ食えるだろ。食い物さらってきた」

盆に載せたつまみを床に広げる宮本に、直海は呆れた。

「って、それ明日の仕込みのぶんじゃないか？　中垣さん、怒るんじゃね？」

「あー、かもなあ」

「かもなあじゃねえよ。俺、知らないからな」

ぼやいて見せつつ、少しうしろめたい。意味はわからないながら、思いがけず見つけてしまった、硬質な字で綴《つづ》られた言葉たちは、本心の読めない男の内面だろうかと思うと、胸がざわついた。

「まあいいから食え。で、飲め」

「あ、うん」

イタダキマス、と小さくつぶやいて、タコブツのからあげをかじった。揚げたてのそれは、下味をつけた衣がさっくりして、なにもつけなくてもうまい。妙に時間がかかると思っていたのだが、酢の物に使う残り物で一品作ってきたのだろう。

「こんな食ったら太るんじゃねえの」

「おまえがか？」

「おっさんがだよ。俺は消費しててんもん」

話の途中で場所を変えると、なかなかもとの道筋には戻りにくくなる。打ち明け話や愚痴ともなればなおさらで、当たり障《さわ》りのない会話に惑いが出た。

（あんま、言いたい話でもねえしなあ）

いっそこのまま流れてもいいかと思っていた直海に、宮本はさらりと切りだす。

「で、今日はどうした？」

「……んー」

「言いたくなきゃ、言わなくてもいいぞ」

問われて、ちらりと上目にうかがった宮本は、相変わらず飄々とした顔だ。すっかり見慣れてしまった顔をじっと眺めて、直海はやっと気づいた。

「俺、宮本さんにあまえてんのかなあ……」

「なんだいきなり」

いじいじと両手でコップをいじりながら、そうなのだろうなあ、とため息をつく。

（だめだろ、俺）

たしかに自分は怒りっぽいし、喧嘩っぱやい。けれど、いままで——宮本に拾われ、この韋駄天に居候するまで、感情丸出しのまま誰かにやつあたりをしたり、愚痴を言いたくなったことなどなかったのだ。

友人のなかではもっとも信用している律にすら、あんなぎりぎりまで事情を話せずにいたほど、直海は無駄に意地っ張りで見栄っ張りの性格だ。

なのに宮本には、もっとも惨めな状態を助けられ、面倒を見られ続けているせいか、ちっとも嘘がつけないし、体裁を整えることができない。

役者を目指しているくらいなら、帰路の途中で感情をおさめ、笑いながら店に入ることだってできたはずなのに、涙目でいらいらした声を発したのは——たぶん、宮本になだめてほしかったのだろう。

「わけわかんねえぞ。もう酔ったか？　どうした？」

顔を覗きこまれ、直海は自分がひどく無防備で頼りない表情になっていることに気づく。

いいかげん、自分がこの年上の男になつききっている自覚はあったが、ここまで依存しているとは思わなかった。

情けなく恥ずかしくて、直海はじい、と拾い主を見つめたあと、うつむいてしまう。

（どこまであまえてんだよ）

本選が終わったら、出ていくつもりだった。けれどあまりにここは居心地がよくて、本当に自分が出て行けるのかどうか、自信がない。そんなことではいけないのに、突っ張ってでも夢を叶《かな》えるといきがっていたのに、静かに許す宮本がいるから、ぐらぐらになる。

「今日、さ。いろいろあって」

「ん？」

「ひとと、もめたし。あと、まったく意味わかんなかったんだけど――嫌味、言われたかもしれない」

「意味のわからん嫌味？　かもしれないって、なんだそりゃ？」

星川の珍妙な態度と性格を、どう説明したものかと惑いつつ、直海は口を開いた。

「なんか今日、タレントの星川光教もいたんだけど、そいつが――」

順序もなにもばらばらで、要領を得ない話ではあったが、直海はすべてを口にした。ずいぶんと饒舌に語ってしまったのは、宮本が聞き上手なせいばかりではない。

比良方に対するセクハラまがいの発言に及ぶあたりでは、宮本はげらげら笑っていた。

「――まあ、そんで、むしゃくしゃして帰ってきたから、興奮状態で涙目だったんだと思う」

「ははあ」

「つか、なんであんなにっこにこしながら、嫌味とか言えんだよ。そりゃもっと陰険なのもいるけど、わけわかんねえし！　女の前でチンポとか言うし！」

思ったより鬱憤《うっぷん》がたまっていたようで、思い出すだに怒りが募る星川の言動をあげつらね、いちいちぶつくさ言っていれば、宮本はくっくっと喉奥で笑っている。

「また正直なガキだな。精一杯自分を押し出したかったんだろ」

「へ……？」

「芸歴は長いみたいだから、おまえより世間ずれしてんだよ。動揺させて、次の本選で失敗でもすればいい、とか思った可能性もあるが」

「なんで、そんなことすんだよ」

「そりゃ決まってる。それだけ直海のことを、意識したんだろうよ。アピールしたかったんじゃねえのか？　俺はもうちょっとうえから見てるんだって突っ張りたかったんだろ」

あっさりと言ってくれる宮本に、怒りのぶり返した直海は口を尖らせた。

「にしたってさあ、あんな言いかたってどうなんだよ。頭のいいの鼻にかけてる、とかさあ。俺そんなことしてねえもん」

「ばか。世の中、自分の耳にやさしい物言いばっかりしてくれるもんかよ。ライバルだったら、なおさらだ、心理戦もしかけるだろうよ」

そういわれると、そうなのかな、という気にもなってくる。もしあの星川に意識されるほど、自分が目立って見えたのなら、誇らしくもある。

しかし、だとすればますます、不愉快だ。

「でもさ、あいつ、子どものころから芝居やってて、しかもプロじゃんか。なんかすげえ、やりくちが幼稚じゃん。小学生かっつうの！」

「まあ、いじめっ子心理かもしれないけどなあ。芸歴がそれだけあるってことは、子ども時代からろくに学校行けてねえだろ」

案外、学歴コンプレックスは根深いもんだぞと苦笑された。理解できない話ではないが、そもそも芝居に学歴など不要だと直海は思う。

「でも、俺が大学入ったのは、上京の手段でしかないのにさ。そんなことにこだわるのは、くだらねえよ。せっかく先達と話をするなら、もっと高次元での話がしたかった」

直海がむくれると、宮本は「あのな」と目を細めた。

「くだらねえっつうけど、そのくだらねえことにこだわる人間もいるんだよ」

「……どゆこと？」

「おまえみたいに頭がまわることを自覚しているやつが楽に生きられるのは、高校と大学の偏差値が共通している時間だけだ」

こざかしいといさめられているのか。顔をしかめてみせると、不服顔の直海に苦笑した宮本は「皮肉じゃねえよ」と続けた。

「言語感覚が共有できて、同じ程度の、近い感性の人間だけで構築されてる、輝ける時間ってのは、世の中には希有《けう》なんだ」

だから学生時代の友人は一生と言われるのだろうと、宮本は笑う。

「おまえ、幼稚園だの小学校、中学校はしんどかっただろ」

「え、なんで……」

「学区だので適当に集められるか、そうじゃなくてもまだ、差が出るまえに同じ空間につめこまれる。そうすると言葉通じる相手は、少なくて当然。しかもおまえの性格だ、あちこち尖ってぶつかっただろう」

図星を刺されて、どきりとする。

事実、直海は高校に入るまで、ろくにともだちがいなかった。

飲み屋で星川に、方言のイントネーションはなかったと語った。そのことで、芝居をはじめてからは苦労しなかったのは事実だが、地元では浮きあがる理由にもなっていた。

本当はいまも、少しだけ苦い思い出だった。突っ張り続けた理由のひとつが、地元の人間からはじき出された疎外感のせいなのだと、本当にいまさら自覚してしまった。

だから笑ってごまかそうとしたのに、あんなふうにくさされて、よけいに腹がたったのだと、直海はいまやっと、気づいた。

（うわ。俺、かっこわるい）

見ないふり、忘れたふりでいたけれど、トラウマとも呼べない、ささやかに傷ついた過去はたしかにそこにあった。そのせいで東京に出ることに固執し、意地を張り続けていたのだとすれば、ずいぶん小さなことだ。

反省していると、宮本が「うーん」と考えこんだあと、ぽつりとつぶやく。

「まあ、それと……べつの解釈をするとしたら」

「うん？」

直接聞いたわけじゃないから、わかんねえけどと前置きして、宮本は言った。

「欠点はっきり言ってくれるっての、もしかしてそいつなりの親切なんじゃないか？　口調に悪意がなく感じた、ってあたりから察するに、ほんとに悪意じゃねえんじゃねえのか」

「……え」

「だから、言いかたが悪いだけで。なにか、深みが欲しいとか、もっと色気つけろとか、そういうことを言いたかったんじゃないのか？」

言われてみると、妙に腑に落ちた。たしかに、直海自身の芝居に関しては昔から、『硬すぎる』『色気がない』という注意は受けることがあった。小ぎれいすぎだ、などとも言われ、顔は自分のせいじゃない、とむくれていたけれど。

——小難しい単語、きっれーな滑舌で言いきっとったけど、なんもおもろないわ。

あれこそが、本当に星川の言いたかったことだろうか。そして直海がまだ気づいていないなにかを、少し考えろと言ってくれようとしたのだろうか。

だとしたら、ものすごく自分こそが幼稚な気がして、いたたまれなくなった。

（かお、あつい）

赤くなった顔をうつむけ、唇に拳を押し当てていると、なにもかもを見透かしたような宮本が、のんびり穏やかに問う。

「どうした?」

「や……なんかいろいろ、いっぺんに……恥ずかしい記憶が」

「ははは、青春の思い出はあま酸っぱいだろう」

「や、どっちかつと、苦しょっぱい……」

直海がしどろもどろになっていると、宮本は笑って「飲め」と言いながら酒瓶を傾けてくる。もうだいぶ酒量はすごしていたが、飲まずにはいられない気分で、コップのなかのそれを一気に干した。

「まあ、腹がたって涙が出るなら、健全でいい」

「なに、それ」

いい飲みっぷりだと笑って、宮本は自分も酒をすすりながら、ぽつぽつと語った。

「社会に出ると、うえからしたまで無尽蔵に雑多で、いろんなやつが集まってくる。歳だけ取って、頭の中身は幼児クラスの大人だっていりゃあ、なんだかとんでもなく高潔なやつもいる」

まあそんなのは一握りだけどなと、宮本は少しだけふざけたような顔をした。

「けど、たしかに上出来な人間はいるんだ。そういうやつの前にいりゃコンプレックスで死にたくなるし、幼稚で身勝手な人間がいれば苛立ってぶっ殺したくなる」

飄々とした顔から死ぬだの殺すだのと、ずいぶん剣呑な単語が飛び出し、直海は驚いた。

「ぶっそうなことばっか言うなあ、宮本さん」

「一日で何人もと喧嘩してくるおまえのほうが、よっぽどぶっそうだろうが」

あまりにのんびり、飄々とした口調だから毒気が抜けて聞こえるが、言語だけはひどく殺伐としている。

このオヤジも星川と同じ、口調と顔と発言が嚙みあわないタイプだと、直海は酒に濁りだした頭で思った。

「酒飲んでるときは大抵みんな剝きだしだ。気楽でエゴだらけで、でもアルコールのせいだからって許しあう。そういうずるい楽さも、もう少し身体に染みつかせてみな。そうすりゃ、大抵のことは笑って許せる」

頭を叩かれ、そんなもんかなと直海は首をかしげた。

「星川はもっと雑多な世界でずっと生きてきてるだろうから、直海よりもっと、見えてることは多いんじゃねえか。だからアドバイスしようとしたんだろ」

「そうなのかなあ……」

「そういうことにしとけば、腹もたたねえだろ」

どうもごまかされたような感が拭えない。それでも、しっかりなだめられてしまったし、気分も浮上してしまった。

(俺、なんかこのひとに転がされてないかな)

むっと顔をしかめていると、宮本はいつものあの笑みを浮かべた。なにもかも見透かすようなそれに、納得しつつも釈然としない。

星川の意味不明な言動に、腹がたったのは実際だし、なにより最後のいたずらは納得できない。

「まあ、芝居については俺があまく見えたのかもだし、そりゃそういう点もあるかもだけど、そうじゃなくてもあいつ、最悪だもん。だって、俺にキ――」

「キ?」

キスまでしやがった、という言葉は呑みこむほかなかった。そもそもあれをキスだと言っていいものか。やはり宮本の言うように、動揺を誘う心理戦のひとつだろうか。

いまだにあの行動の意味がわからないまま、直海は無意識に唇を拳で拭う。その仕種に、宮本はなにか察したようだった。

「ああ、なんだ。なんかセクハラでもされたか」

沈黙で答えると、宮本は喉奥で笑う。

「なんだよ。宿賃、身体で払ってもいいだの言ったわりに、純情だな」

「俺がいいって言ったならいいけど、無理にされんのは好きじゃない!」

「まあそりゃ、そうかもしれんけど、なんか間違ってねえ？　俺みたいなおっさんより、星川みたいな色男のほうが、ふつういいんじゃねえのか」

「あんなのちっとも色男じゃねえよ、それに、宮本さんは、……っ」

からかいに本気で怒鳴り返して、直海ははっとする。

星川のキスに傷ついた気分になったのは、直海の意志がそこになかったせいだというのはわかった。けれどもなにか、いま途中で呑みこんだ言葉に含まれたものは、微妙に色を違えている気がして怖くなった。

「それに、俺は？　なんだよ」

「……宮本さんは、恩人、だから」

「恩人ねえ」

ふうん、と目を細めた宮本の視線に妙にいたたまれなくなり、直海はあわててかぶりを振った。その様がおかしかったのか、宮本は喉奥で声を転がす。

（また、笑ってら）

直海はこの男のあいまいな笑み以外――たとえば本心から嬉しそうな表情だとか、怒ったようなそれを見たことがない。

常に自然体で楽そうで、それが大人の余裕というか、動じない証拠のようにも思えた。

どうやったら、こんな大人になれるのだろう。羨むような気分で考えたあとに、宮本はさきほど口にした、『輝ける時間』とやらで得た友はいるのだろうかと思った。

寺脇は、親戚という点もあって長いつきあいなのは間違いない。けれどその次にこの男ともっとも親しそうな人間と考えると、中垣くらいしか浮かばない。

(まあ、トシもトシだし、仕事しててつきあい途切れてんのかもだけど)

ふだんから常連客に囲まれ、にぎやかにやっているけれど、直海が宮本の、苦笑に似た笑顔に見つけるものは、孤独という言葉で表されるしかない気がしている。

——宮本さんって、ナニモノ?

かつて中垣に問いかけたそれは、自分で考えろと叩き落とされた。けれど考えても、ちっとも摑めない。そして自分がなにを摑みたいのかすら、直海にはわからない。

(なんだろ。なんか、痛い)

理由はわからないまま、息苦しくて、せつない。無意識に唇を嚙んでいると、気づいた宮本が「あ」と声をあげた。

「おい、血が」

「え?」

「血が出てる。どっか切ったか?」

「なに、が、……っ」

どこにと問うより早く、煙草のにおいがしみついた指が、唇に触れ、直海は自分でもぎょ

っとするほどに、びくりと肩を震わせた。

（え、なに。なんか、驚きすぎだ、俺）

宮本をうかがうと、やはり気まずそうな顔で、差し出した手をそのままに固まっている。

「……なんもしやしねえよ、なにびびってんだ」

「び、びびって、ねえよ」

唐突なそれに驚いたのは事実だったけれど、あんな、まるで怯《おび》えたようなリアクションをするほどのことではなかった。

（変な空気に、なっちゃったな）

宮本は星川ではない。あんな、いきなり失礼な真似をするわけがない。なのにどうして過剰に反応してしまったのか。

横目にうかがった宮本は、一瞬の驚きのあとにはもう、気にしたふうではない。うまそうに酒を飲み、煙草をふかしている。けれどいまだ、ふたりの間には沈黙が横たわっている。

（流してくれてんだろうけど、超気まずい……）

どうにか空気を変えたいと思った直海が唐突に思いだしたのは、さきほどの本に書き込まれていた言葉だった。

「――あ、なあ。ルサンチマンってどういう意味？」

「あ？　なんだ急に」

穏やかにくつろいでいた宮本は、直海が「これ」と差し出した本に怪訝そうな顔をした。

「その本が、どうした」

きょとんとしたような顔に、もしかしてなにか勘違いをしていたのかと直海は思った。

「あの、これ、宮本さんが書いたんじゃないの？」

「え？」

直海が、開きぐせのついたページをめくってみせる。そこにあった書きこみに、宮本は一瞬傷ついたような顔をした。

（え……？）

見たこともない表情に、どきりとする。固唾を呑んでいると、宮本はふっと苦く笑った。

「わからない」

「え、わからないって……」

「ごまかしても、黙ってるわけでもない。覚えてないんだ」

声も、口調も、聞いたことのないような響きだった。だらりとゆるく、いつもやわらかな印象の男のものとも思えない、硬いそれに、直海は理由のわからない胸騒ぎを覚える。

「あの頃なにに憤ってそんなものを書いたのか、書かなきゃいられなかったのか、いまはなにもわからない。メモを見ても意味を読めない」

すっと目を細めた横顔、骨っぽいけれど広い肩にまとう気配までもが鋭く、まるで別人のようだった。

過去の痛みをこらえるような表情に、もしかしてなにか、触ってはいけないところに触れたのかと緊張を覚えていると、直海の視線に気づいた宮本が、はっと目をしばたたかせる。

そしてにこりと笑ってみせれば、もういつもの宮本だった。

「まあ、あれだ。ブンガクかぶれだった時代もあったからな。小説家になりたいなんて考えて、酔っぱらった文章を書いてみた時期もあったのさ、こんなんでもな」

その言葉に、直海ははっとした。もしかしてと思い、書架に近づく。書き殴ったような言葉の羅列《られつ》が記された本。それを抜き出した棚の隣には、ナンバーの揃っていない古い雑誌があった。

「これ、見ていい？」

どうぞとうなずかれ、黄ばんだそれを抜き出して目当てのページを見ると、投稿作の寸評コーナーのなかに宮本の名前があった。いずれも、名前だけが載る程度の、小さな扱い。

「……もう、書かないの？」

「見たらわかっただろ。青春の記念にとっといただけだ。まったく才能ねえからなあ」

ははは、と笑った宮本に、直海は笑えなかった。

（才能、なんて）

ふだんなら、誰かがそんな発言をすれば、心を折って努力を捨て、才能という言葉で、聞こえのいい言い訳に逃げるのかと、嚙みつくだろう。けれど、いまの直海はなにも言えない。

宮本の静謐な目は、いまだ直海の知らない苦い挫折を映して、ぬぐい去り切れていない。大の大人に同情するほど傲《おご》ってもいないつもりだった。過去や行動のツケは自分で払うべきもので、他人が口を出すことじゃない。

(でも、じゃあなんで)

自分の胸はこんなに、軋むほど痛いのか。知りたいと感じるのか。なぜ唇に触れられただけで過剰に反応してしまったのか——。自問するまま、直海はまた唇を嚙みしめた。

(ひとのこと、気にしてる場合じゃねえよ)

宮本に対して、微妙ななにかが芽生えはじめていることに気づきながらも、直海にはそのことについてゆっくり考えるような余裕などない。

立ち止まって自分の感情を掘り下げるより、目の前の課題が多すぎる。

「……っ」

迷いも揺らぎも、すべて呑みこんでしまえば腹の奥だと、コップ酒をあおる。喉に落ちる冷酒のあまさがなければ、なにかとんでもないことを口走りそうな気がして、少し怖かった。

「ペース早くねえか？」

「平気平気」

鍛えてるから、と笑ってみせて、今度はうまくいったことにほっとした。

宮本はもういつもどおりで、なにも言わないし、触れてこようともしない。

それが寂しいなんて考えるのは、きっとおかしいのだと、そう思った。

＊　　＊　　＊

「だめ！　やめやめやめやめ！」

和田《わだ》の声がスタジオ中に響き渡り、直海《なおみ》はひくっと顔をひきつらせた。

Tシャツにジャージというスタイルのまま、汗だくで肩を上下させているのは、さきほどから延々と、直海ひとりがしごかれているせいだ。

「もういい、湯田《ゆだ》はあっちにいってろ！」

はい、と力なくうなずいて、直海は下がった。

（まただ）

二次予選を勝ち抜いた顔ぶれは、現在、ラジオゾンデで研修を受けている。

試験的な練習演技であるワークショップが、このところの研修内容で、これがオーディションの最終テストとなる。

テスト生らをＡＢ二つのグループに分け、競演させることになったのだが、星川はＡ、直海はＢグループに割り振られている。全員がテスト生では主軸が作れないため、それぞれに、引っぱっていく役として正団員もひとり投入され、Bグループには比良方《ひらかた》がいる。

両方いっぺんに見られる人数ではないため、Aグループの演技指導は吾妻《あずま》が、Bグループは和田が請けおっているのだが、毎回演目やお題目の変わるそれで、直海はなかなか芳《かんば》しい結果を出せないままだった。

ワークショップの演目は、シェイクスピアの『真夏の夜の夢』に決まった。

ヒロインとなるハーミアには、ライサンダーという恋人がいる。だが、反対する父は、父親に従わない娘は死刑に処すという古い法律を持ち出し、父が決めた婚約者ディミトリアスと結婚するか、死刑になるか、究極の二択を迫る。

結局、ハーミアは恋い焦がれた男と駆け落ちをすると決める。友人であるヘレナにだけ駆け落ちの話を漏らしたところ、ディミトリアスを愛するヘレナは、そのことをディミトリアスに告げ口してしまう。

森に逃げたふたりを、ヘレナとディミトリアスが追うが、おせっかいな妖精らのいたずら騒ぎに巻きこまれ、それぞれの恋心が取り違えられてしまう——という、恋愛沙汰《ざた》に真剣がゆえの、滑稽《こっけい》さが描かれたストーリーだ。

ワークショップではすべての幕を演じるわけではなく、森のなかで起きる『恋心の取り違え』事件をメインに据えた。そして個々のキャラクターたちがあれこれとすれ違い、混乱する一幕を演じるようにと言われている。

そして劇中、もっとも振りまわされる哀れなヘレナの役を、直海が割り振られた。ヘレナはなぜ、自分の恋路をふさいでまで、男にそれを教えたのか。ディミトリアスはなにを思うのか。各々《おのおの》のキャラクターたちはそのときなにをどう動くのか。

演出はなにもなく、ほぼ台詞《せりふ》のみの簡潔な形にされた脚本だ。同じ台詞でも役の肉づけはすべて役者まかせ。ただふつうと違うのは、男女の役を入れ替えて演じるという制約が設けられ、キャスティングはすべて性別が入れ替わっていたことだ。

――女になりきってみろ、役者だっていうならそれくらいできるだろうが。

既成概念を取っ払うところからやれ、という和田の言うことはわかる。けれど、どうしても型どおりの「オンナノコ」を演じてしまいがちな直海は、それこそ星川《ほしかわ》が言うように、おもしろみのない芝居しか作れずにいる。

自覚はあるだけに焦《あせ》りばかりがひどい。どうすればいいのか、少しもわからない。

(なにがだめなんだ、いったい)

演技の途中で和田に「もういい、やめろ」と言われることが大半で、焦りは募っていた。なにをやっても和田に怒鳴《どな》りつけられるばかりだ。容赦《ようしゃ》のない人間だとは聞いていたが、想像以上にこきおろされ、直海は疲れきっている。

自分なりに必死にやっているつもりだ。しかし、どうしてもつまらないと言われてしまう。あまりのダメだし続きに、いったい自分はなにがだめなのかすらわからなくなっていく。

「もういい、十分休憩。——湯田！」

「はいっ」

ひととおり全員に芝居をつけたあと、名指しにされて直海は立ちあがる。とたん、和田は厳しい目のまま言い放った。

「おまえの役はなんだ」

「ヘレナ……ですけど」

「けど？」

「ヘレナです！」

声をはりあげると、「そうだな」と和田はうなずいた。

「ヘレナってのは貴族のお姫様だ。そして生身の一途な女だ。けどおまえのあれは、なんだ。スレてるくせにカマトトぶってるだけの、品のない女にしか見えねえよ。あんな貧乏くさいヘレナがあるか！」

辛辣《しんらつ》な声と言葉で最悪だと罵《ののし》られ、直海は青ざめる。

「いまどきの女子高生だの、キャバクラのおねえちゃんのほうが、なんぼか芝居はうまいっつーんだよ。明日までにあと二十パターン考えてこい！　小手先でごまかせる力量か！」

容赦のない怒声に胃が縮みあがりそうになりながらも、意地だけで「はい！」と返事をしたけれど、和田が退室したあと、直海は床にうずくまった。

（きつい）

最初は直海のリテイクに面倒そうな顔をしていた同じグループの面々も、あまりの和田の厳しさと、個人攻撃かと思われるような執拗《しつよう》さに、すっかり同情的な顔をしている。

「だ、だいじょうぶか？　湯田……」

気遣うような声になにも返せず、組んだ腕に顔を埋《うず》めたままかぶりを振る。

貧乏くさい。いままでの罵声《ばせい》のなかで、これがいちばん応えた。実際直海は世間ずれしている自覚もあるし、いまは貧乏で神経がひりついていて、余裕もない。

大学に通い、アルバイトをこなして、空《あ》いた時間の全部は研修につぎこんでいるため、睡眠時間もかなり削られている。

このところ、氷雨《ひさめ》の降る夜が続いている。低気圧には頭痛がする体質も相まって、精神状態も体調も最悪だ。

（集中しきれねえし、頭痛いし、最悪だし）

どうにも本調子が出ないと惑う日々が続いていて、直海は静かに苛立《いらだ》っている。追いつめられた顔をさらしたまま日常を送る直海に、律《りつ》も心配だと言っていた。

――直海、少しさあ、休めないの？　ちょっと頑張りすぎじゃない？

やさしい友人が、このままじゃ倒れると忠告してくれたのは、こちらを思ってのことだ。

素直に気遣いを受けとめる気分ではなかった。

——そんな暇ねえんだよ。もういっそ、律の余ってる時間くれない？

半分笑いながらのそれは、あきらかに親がかりで暮らし、ふつうに遊ぶ時間もある律への皮肉だった。口にしたあと、しまったと思ったが、おおらかな律は気にしたふうでもなく。

——うーん、時間だけはプレゼントできないねえ。

笑って、ごめんねとまで言い添えられて、たまらなかった。心から大事な友人にまで、やつあたりのような言葉を返す余裕のなさに、ますます自分が嫌になってくる。

(俺、こんなんで本当に、やっていけんのかな)

気弱なことを考えるのは、ずいぶんと気の重い話を聞いてしまったせいだ。

昨日のことだった。直海がアンケートで酷評した劇団の畑《はた》が、どうしても会ってくれと直海に告げてきた。

言い過ぎてしまったことを咎《とが》められるのかと最初は思った。けれど、なにかそれだけではないような、いやな予感がして、直海はラジオゾンデでの研修からアルバイトまでの、合間の時間をどうにかひねり出した。

そして——いやな予感は的中してしまった。

畑は、芝居自体をもうやめると言い出したのだ。

＊　＊　＊

「……どういうことですか、やめるって」

「地元に戻って、就職するんだ」

「旗揚げ公演をやったばかりじゃないですか。劇団、どうするんすか」

「主宰は、共同で立ちあげたやつが引き継いでくれるよ」

つめよると、のんびりとした性格の畑は、「好きだけじゃ続かないんだよ」とあきらめ顔で笑った。

「おまえさ、観てわかったろ？　俺のやれることなんて、あの芝居が限界なんだ。アンケートでも、ぼろくそだったじゃないか」

「っでも、あれはっ！」

たしかにきついことは書いたけれど、けっして畑に諦《あきら》めさせるためではない。むしろ、続けていきたいならどうすべきか、もっと考えてほしいと発破をかけたつもりだったのだ。

それとも、あの名前も知らない受付の男が言うとおり、畑になにか誤解させてしまったのだろうか。直海は青ざめつつ、なんとか説得しようとしたが、畑は穏やかにうなずいた。

「うん、わかってる。正直さあ、知りあいでちゃんと観にきてくれたの、おまえくらいなのよ。真剣に忠告してくれたのも、俺はちゃんとわかってる」

「畑さん……」

「俺、もう三十になるんだよ。三十までにどうしても劇団立ちあげるのが夢だったからやったけど、一回やったら、見えちゃったんだよな。限界が」

見こみもないままこの世界にしがみついていること自体が無為なことであると悟ったのだと言う畑に、直海は食いさがった。

「そんなの、考えすぎでしょう。歳《とし》とか気にしなくたって、表現したいものがあるなら、そうすればいい」

自分で設定したリミットを意識した状態で、なんの表現ができるものか。歯がみする直海を、畑は微笑《ほほえ》んで見つめた。

「若いなあ、湯田は」

(なんだよ、その顔は)

子どもにはわからないさ――そんなふうに苦く笑っているような畑に悔しさだけが募る。

「俺はね、湯田。劇団立ちあげたかっただけで、表現そのものに執着はなかったんだよ」

「そんなわけ、ないでしょう！」

「いや、あるんだ。気が済んじゃったんだよ、本当に」

「そんなわけないです！」

眩《まぶ》しい、なにか違うものを見るような目で見られるのがいやだった。だだっ子のように同じ言葉を繰り返す直海に、畑はまるで、諭《さと》すように言った。

「あのな。おまえみたいに、役者だの演劇だのにまっすぐ向かって、すべてを捨てられるやつなんて、そういないんだよ」

「……なんだよそれ」

たしかに、畑はずば抜けたセンスや演技力、脚本の能力があるわけではない。けれども、穏やかでやさしい人柄で、人間をまとめるのがうまく、気働きのある彼の観察眼には一目置いてもいた。

だからこそ、尊敬している役者仲間が、もうあきらめた顔でいることが、直海にはどうしても許しがたいことだと思えた。

「俺は、やり続けるよ。絶対に、死ぬまで芝居にしがみつく」

学生時代、芝居をやっていましたよと、思い出を語るような大人にはなりたくない。挑むように告げたけれど、畑はのんびりとうなずくだけだ。

「ああ。おまえはやっていくんじゃないかな」

さらりと肯定されて、けれど少しも納得できなくて、直海は唇を嚙みしめる。

「どういう意味っすか」

「だっておまえ、それしかない、って感じだから。家から飛び出て、好きこのんで貧乏して、そのくせ誰にも助けを求めない。施しを受けたくないみたいな感じでさ、いまどきないくらい、意固地でさ」

自分で決めたことだから、誰の力も借りたくないし、迷惑もかけたくない。けれどそれを意固地と断じられると、やはり悔しさはあった。

直海とて、金がないことで、苛立つことは多い。役者仲間にすら、真剣すぎだ、ばかな夢を追うやつだと揶揄《やゆ》されることはあった。そのすべてを、畑は見ていたはずだ。

なのにいまさら突き放すようなことを言うのか。それともそれが、直海を見てきた畑の評価なのだろうか。

「限界まで追いこまれる。そういう経験はいま、しようったってできないし、おまえ自身にハングリーさを与えてるんだろう。そういうのは、うらやましいよ」

「うらやましいって、なにそれ……」

遠回しにばかにされているのかと瞬間的に腹がたって、けれど畑が心底から言っているのもわかってしまった。

「俺は、安定が欲しい。親が苦労してるんだ。それをどうしても切り離せない。明日の生活心配しないで、ゆっくり暮らしたい。そう思ってしまう自分を、知ってる」

飢えることを概念でしか知らない彼にとって、直海のような追いつめられた境遇は、本当に『うらやましい』のだろう。

「それに……彼女がさ。結婚どうするんだって言ってるんだ。俺は、彼女の人生にも責任はあって、……子ども、できたんだ。だからもう、夢は、追えない」

ずしんと重たい言葉だった。直海にはなにも言えない。うつむいて膝《ひざ》に爪を立てると、色あせたブラックジーンズに布目を掻《か》いた白い筋が残る。

「嫌味じゃなくてな。おまえのアンケート、嬉《うれ》しかったよ。これで引導を渡してもらえたんだと思った。ありがとうな。おまえはさ、絶対、うえまで行けよ。応援、してるから」

（やめてくれよ）

直海は誰かの期待なんて重たいものを背負えるほどの人間ではない。ほどほど巧《うま》いだけではだめなのだ。けれど、ならば、どうすればいいともがいているだけで、自分のことだけしか考えられない。

なのにそんなことまで言われて、終わりと諦めだけを背中に乗せて去っていく畑の姿を見送って、泣きたいのをこらえるのが精一杯だった。

＊　＊　＊

アルバイトさきのバーで、オーダーを運びながらため息をかみ殺す。畑の話がずっと頭を離れないままで、今日の稽古《けいこ》もさんざんだった。

（やべえ、へこんでるよ）

芝居をやめる、と言い出す人間に会ったのは、畑がはじめてではない。けれど、いままでのなかでいちばん、直海は落ちこんでいた。

劇研に興味半分で入ってきて、ものにもならないと、すぐにやめていくような人間なら、たいしたダメージはくらわない。だが相手が真剣だったということを知っていれば知っているほど、悔しくて、残念で、取り残されたような孤独を覚えてしまう。

一緒に夢を追う誰かと、心を共有していたいのに、ぽつり、ぽつりと消えていく。

かつてならば、根性なしと檄《げき》を飛ばすこともできた。だがあらゆることに余裕のないいまは、こう考えてもしまうのだ。

本当に自分は、まっすぐ進んでいるのだろうか？

いずれはあの先輩たちのように、諦める日がくるのだろうか？

弱気は最悪だ、とかぶりを振って、なんとか直海は意識を切り替えようとつとめた。

（今日はライブあるし、少しは気分転換できるかな……）

ジャズだけではなくいろんな音楽もただで聴くことができ、実入りもよく、所作の勉強にもなる、一石三鳥のアルバイト。品も待遇もいい店に、満足している。

なにより、ふだんの貧乏暮らしを一瞬忘れさせてくれるおかげで、この店でのアルバイト中には直海は比較的機嫌がよくいられた。

だがその機嫌は、フロアチーフが呼びに来たことで一気に急降下する。

「湯田くん、ちょっと七番テーブル行ってきて。ご指名」

「は？　なにそれ」

テーブル席でご指名、などと言われて、なんの冗談かと思った。この店はテーブルチャージ料もなく、むろん『ご指名』サービスなどもない。まして、マイノリティの集《つど》う店でもないので、男の直海に指名などおかしな話だ。

「いいから行ってきて、早く！」

は、はあ……。首をかしげつつフロアに出た直海は、そこに、あまり見たくない顔を見つけて頬《ほお》を引きつらせた。

「よ、直海」

「……なんでいんの、星川」

ご指名など、妙な話だと思っていたら、芸能人のわがままだったというわけか。冷ややかな目で眺めると、星川はくすくすと笑った。

「冷たいなあ、陣中見舞いやのに」

「ていうか、なんで俺のバイト知ってんですか」

「んー、俺の人脈かなぁ？　ていうか直海を口説《くど》くために必死やん。努力認めてよ。で、はよエッチしよ」

とぼけた返事をする星川に、おおげさなくらいため息をついてやる。

「それをテスト生のうち半数に言ってまわってるのも、俺、知ってるけど？」

「あらなんや、ばれてたんか」

あはは、と笑う星川は、相変わらずだ。はじめて飲みに行った日、あれほど嫌味をかましておきながら、この男は妙に直海にちょっかいをかけてくる。呆《あき》れかえるほどのシモネタやセクハラ、ちくちくと皮肉っぽい発言も相変わらずであるのに、フレンドリーに近寄ってくるから意図が汲《く》めないのだ。

「飲みに来てる場合っすか。明日、またワークショップあるでしょ」

口にして、直海は首筋にちりっと痛みを覚えた。

直海はもういっぱいいっぱいだというのに、この男はのんびりした風情でここにいる。この違いはなんなのだ、と苛立ちそうになった。

「それは直海も同じやん？」

「俺はバイト。あんたみたいに酒飲んでるわけじゃ……」

言いかけて、テーブルのうえにある星川のグラスが、烏龍茶であることに気づく。

にやにやと笑ってグラスを振ってみせる男に、本当にいったい、なにがしたいのかと直海は眉《まゆ》をひそめた。

「……とにかく、勤務中なんで、失礼します」

「あら、もう行ってまうの」

残念ー、とにやついた星川は、歩き出した直海の背中にひとりごとめいた言葉をぶつけた。

「俺らのほう、ヘレナ役は、高瀬《たかせ》に決まったで」

ぴくりと眉をひそめ、思わず振り向く。

「高瀬？」

「そお、高瀬。二次のとき、和田サンに一発ＯＫもろうた、高瀬」

今回の最終テストとなるワークショップで、ことに直海のライバルと目されているのは星川、そして高瀬友朗《ともろう》だ。

直海と同じ大学で、弥子《やこ》が所属していた劇研の後輩だという高瀬は、まだ十八歳。北関東出身の、印象が地味で、すれたところのないおとなしい青年だ。芝居に関してはまるで素人《しろうと》同然で、大学に入るまで演技などしたこともないというぽっと出だ。

一次、二次のテストでもほとんど注目を集めてはいなかった。だが星川の言うとおり、たった一回のエチュードで和田が合格だと言い放ったのは彼しかいなかった。

「おまえらのグループ、ヘレナは直海やろ。思いきり、あたるな。カワイイよ、高瀬のヘレナ。直海は、なんやっけ？　スレた女子高生言われたんよな？」

「……ちょっと違うけど、どっから聞いたんだよ、そんな話」

目を細めた星川のおもしろそうな声に、直海は睨《にら》む以外なにもできない。

同じキャストとなれば、あの高瀬と比べられるだろう。妙な知識やこざかしさがないぶんだけ素直に役に入りこむ高瀬はいわゆる『天然女優型』で、ほかの人格が憑依《ひょうい》したような、はっと息を呑《の》む演技をする。

（たしかにあいつにくらべりゃ、スレて貧乏なのかもな）

妙に卑屈な気分で物思いに沈んでいると、いつの間にか星川が直海の手を握っていた。

「なあ、せやから、いっぺんセックスしてみようって」

「なんでそういう話になる」

「女の気分味わったら、なんや変わるかもしれんやん」

「なんでも体験しなきゃわかんねえっつうなら、殺人犯の役はひと殺さなきゃできねえじゃんかよ」

振り払って睨みつける。ふふっと笑ったスケベ男は、あまったるい目の奥に卑猥《ひわい》な光を覗《のぞ》かせた。

「やっぱ頑固いなあ、直海」

星川にこうまで絡まれる理由が、本当にわからない。

宮本にはアドバイスのつもりだろうと言われ、あのときは、そうかもしれないと思った。けれども、この男の言動はやはり、どうにも直海には受け入れがたいものがあるし、ふざけているようにしか思えないのだ。

「つうか、ほんとにあんた、なにがしたいの？　まじで。喧嘩《けんか》売ってんの？」

まどろっこしいことはやめてくれと声を低くすると、星川はにやついた笑いを引っこめた。

「俺なあ、直海が好きやねん」

「……はあ、ソウデスカ」

またごまかす気かと顔をしかめるけれど、彼はかぶりを振った。

「エロい意味ちゃうよ。たしかにおまえ、頭固いし気持ちも固いし、そのせいでつまらんことやってるから、見てるとイライラすんねんけどさ」

直海は、なにか、いままでの星川とは違い、真剣に話をしていることに気づいて渋面をほどく。

「今回のワークショップでは、バラになったけど。おまえとちゃんと芝居やりたいねん」

ぎゅっと、握りしめた腕に力が入る。はじめて見る真剣な目に、直海は痛みを覚えた。

「あ、んたは、テレビでも芝居、ほかのひととか、いっぱい……できるだろ」

「俺は、ラジオゾンデの芝居が好きなんよ。そんで、直海が和田さんの脚本《ホン》、演《や》ってるとこ観たいし、一緒に舞台立ちたい。せやから、もうちょっと本気出して、なんとかして」

まるで直海自身の努力が足りていないとでもいうような星川に、どういう意味だと目で問いかければ、最悪な言葉が返ってきた。

「もう、バイトやらやってる場合ちゃうやろ。もっと芝居に集中せえよ。それでちゃんと、今度のオーディションも、受かってくれ」

直海の事情をいっさい知らない相手に、一方的な言い分を押しつけられ、喉《のど》まで言葉がこみあげた。

（俺はもう精一杯だ！　できるもんなら、やってんだよ！）

けれどそんな言葉など、結果を出さなければ、ただのあまえた泣き言だ。

星川もまた、本業のタレント業の合間を縫って、ワークショップの研修に来ているのは知っている。それでも、すでに生活基盤のできた人間に対するうらやましさや妬《ねた》みは、まったくないとは言えなかった。

「……仕事に、戻ります」

必死になって押し殺した声は低く、目を見ないまま、直海はその場をあとにする。

星川も、ふざけた言動をさっ引けば、素直にすごい役者だと認めざるを得ない。おそらく彼が言うからには、直海になにか足りないものがあるのは事実だ。

けれど直海自身、もうめいっぱいでいるのは自覚していた。気持ちや生活の余裕のなさが、芝居にも表れているのはわかっている。さりとて、どうすればいいのかわからない。

商業的に成功している劇団、ラジオゾンデに入団できたからといって、そのさきの生活の保障などない。さすがに食い詰め劇団のように、運営費は役者持ち出しなどということはないけれど、ラジオゾンデはある意味歩合制だ。役がつけばギャラが入るが、定期的な給料が出るわけではない。

吾妻を筆頭に、人気役者はいくらもいて、上は詰まっている。おそらく、当座はバイトで食いつなぐことになるだろう。それはいまとなにが違うのだろうか。

畑と直海の違いは、諦めずしがみついている、ただそれだけなのだろうか。怖《おそ》ろしい不安が背中を這《は》いのぼって、直海はぶるぶるとかぶりを振った。

けれど、やめられない。やめたら直海にはなにもない。

(でも、いまはまだ、去年よりマシじゃんか。ちゃんとあったかい場所に寝泊まりできる、メシも食わせてもらえてる)

それは宮本《みやもと》が、気まぐれにも直海を『飼って』くれているからだ。けれどいつまでもというわけにいかない。オーディションのカリキュラムがすべて終われば、出ていくことになる。

(でも、じゃあ、そのあとは? またひとりで稼いでメシ食って芝居して?)

その繰り返しなのか。その果てに、本当に摑《つか》みたいなにかは存在するのか?

少しでも前向きに考えようとして、けれどできない。ひどく疲れている自分を知りながらも、もうあともどりはできない。

ただがむしゃらに走ってきた直海ははじめて、さきの見えない恐怖を味わっていた。

＊　＊　＊

深夜遅く帰りつき、韋駄天《いだてん》ののれんをくぐると、この日の店内には中垣《なかがき》の姿しか見あたらなかった。

「ただいま……宮本さんは？」

「いま奥にいる。今日はめずらしくまともに働いて……」

片づけをしていた中垣は、そこで言葉を切った。

「おまえ、なんだその顔色。真っ白だぞ」

中垣は直海の顔色の悪さに、ぎょっとしたような顔を見せる。そんなにひどいだろうかと、自分の頬をさすった。肌が荒れていて、少しざらりとした感触がある。

「……なんでもないよ」

身体《からだ》は泥のように重かったが、体力的なことよりも、畑の言葉や星川の話に打ちのめされたせいだとわかっていた。

「なんでもないわけ、ねえだろ。ここしばらく、ずっとそんな調子じゃねえかよ」

いつもなら、我関せず、といった態度を取る中垣なのに、めずらしくしつこい。

「バイトに芝居に大学って、おまえさ。相当無理してるんじゃないのか」

他人事《ひとごと》には興味のないような男にまで指摘されるほど、いまの直海は悲愴に見えるのだろうか。そんなに——見てとれるほどに、だめなのだろうか。

たぶん、いつもなら受け流せた言葉だと思う。むしろ、心配してくれてるの？　と、くすぐったく雑《ま》ぜ返しすらしただろう。けれどもう、いまは、今夜だけは、誰にも自分についてなにか言われたり、励まされたりもしたくない。

いろいろもう、限界だった。そしてさらに最悪なことに、中垣と直海はもともと、なにがなくとも相性が悪ぃ。

「……それがあんたになんの関係あるんだよ」

「あ？」

「関係ないじゃん、俺がなにしてようと」

剣呑《けんのん》な物言いに、中垣もむっと顔をしかめる。

「おまえな……そういう言いかたはないだろ。限界来てるみたいだから、少しはゆるめりゃどうかって言ってるだけだろう」

なにを苛ついているのかとため息を落とされ、直海はかっとなった。

「ゆるめるったって！　どうにもなんねえじゃん！　バイトも研修も大学も休めない。俺はやんなきゃなんないし、休んでる暇もないし、どうせできないんだから言うな！」

わめき散らして、最悪だと思った。本当に最悪の相手に、最悪のパターンでやつあたって、案の定頭も切れれば口のまわる男は、険悪な顔で直海を睨みつけてくる。

「自分で勝手に忙しくして、限界来たらキレんのかよ。マジ迷惑だな、おまえ」

「な……」

「おまえに気ぃ遣って、誰もなにも言わないようにしてるけどな。いるだけでピリピリして、本気でむかつくんだよ。あげく他人の親切心も受け入れられないくらい余裕なくして、喧嘩ふっかけて。自分は忙しいだ？　てめえより忙しいやつはいくらでもいるだろ」

ぐうの音《ね》も出ないほどの正論に、直海は唇を嚙むしかできない。

彼自身、難関の大学に入っていて、授業のコマも課題も多く、そのあげくこんな、ろくにバイト代の出ない店の常勤アルバイトをさらりとこなす。けれど、自分で選んだからと、彼が愚痴《ぐち》らしいことを口にしているのは見たことがない。

だから中垣は嫌いなのだ。直海が精一杯でやっても取りこぼすものを、全部軽々とこなしているから。

おまけに、まだ容赦する気はないらしく、わざとらしくため息をついて中垣は言った。

「おまえは要領悪いんだろうけど、俺には自分で自分の忙しさに酔っぱらってるようにしか思えない。大変大変って騒ぎ立てて、同情でもしろってか」

「誰がそんなこと言ったよ！」

「バイトも研修も大学も休めない。おまえさっきそう言ったけどさ。役者になりたくて、親の反対押し切ったんだろ。大学は上京までの手段なんだろ？　じゃあなんで、いつまでも在籍してんだ」

不意を突かれて、直海は押し黙った。どこかで、考えないようにしていたことを、無理やり引きずり出された気がした。

「授業に出ないで昼働けば、せめて芝居とバイトの二本立てになるだろ。だいたい、宮本さんちにいつまでもいる気か？　他人にあまえてる段階で、もう破綻《はたん》してるんじゃねえか」

「ちが……それは、いま、探して」

ひとづてに頼んでいて、でもまだ見つからなくて。あえぐような直海の言葉を、あまいと中垣は切り捨てる。

「大学の授業料は全額前払いしたんだよな。退学手続きすれば、入学金は無理でも残りは返ってくる。本気だったら、その学費かすめとるくらいのことしたらどうだよ」

「……え」

そんなこと、考えつきもしなかった。愕然《がくぜん》とする直海に、中垣は呆れきったような目を向ける。

「ほらな。その程度の手段しか考えてない。変なふうにこざかしいくせに、いい子チャンでツメがあまいんだよ。そもそもマンションは解約したくせに、なんでおまえの親は退学届け出さないんだ。親がその手続きをしてないことの意味考えろ」

戻ってこいという庇護の手を勝手に振りきっているくせに、どこまであまえているつもりだ。容赦のない言葉に、直海は青ざめたまま立ちつくすしかない。

「どっかで、失敗したら学生に戻ればいいとか保険かけてんじゃねえの？」

「ち、が……」

ふだんなら、そうじゃないと噛みついたかもしれない。けれど、唇を震わせた直海は、真っ青な顔色でかぶりを振り、小さな声を出すのが精一杯だった。

「ちがう。俺、ちゃんと勉強、したいんだ」

直海が大学を辞めたくないのは、芝居も大事だけれど、大学で学ぶ知識が、今後の演技に活かせる面があるかもしれないからだ。どんな役がまわってくるのかもわからない。無知がゆえに役や脚本を理解できないなんてことにはなりたくないし、教養も高めておきたい。

なにより――中垣の言う意味とは少し違うけれど、嘘《うそ》つきに、なりたくなかった。

父も母も、大学に行くことを喜んでくれていた。芝居にはさんざん反対されたし、迷惑もかけたけれど、気をつけていっておいでと言ってくれた親たちを、これ以上裏切りたくなかったのだ。

「お、親にも。大学から逃げて、芝居やるんじゃなくって、どっちもちゃんと……自分で、ちゃんとしたかった」

必死の声を発するけれど、中垣は冷たく言い放つ。

「無理言うなよ。現実見ろ」

「でも！　俺は全部、全部やりたかったんだ……！」

それこそ、子どもの無茶で、浅知恵でしかないと、直海もわかっていた。だから誰にも頼りたくないし、迷惑もかけないように必死だった。

どれか捨てるなんて、どれも大事だから、したくなかったのだ。

(泣くな、あほ)

図星を刺されてキレたあげく、ここで泣いたら本当にただの癇癪《かんしゃく》な子どもだ。必死になって赤い目を見開いていると、場の空気にそぐわない、間延びした声が聞こえた。

「……おーい、遼《りょう》。もうあがっていいぞ」

「あ……」

はっとしてふたり同時に振り向くと、くわえ煙草《たばこ》の宮本が、あのあいまいな笑顔で立っていた。

「直海はメシ食ったか？」

「う、……うんと、ううん」

バイトさきでまかないは出るのだが、食欲がないのとシフトの立てこんだせいで、食べ損なってしまっていた。

「なんだ、おまえ毎回食ってこねえな。ちょっと待ってろ、いまこさえてやる」

ぽんと直海の頭を大きな手で叩《たた》き、その反動で涙が一粒落ちた。あわてて顔をこすっていると、中垣がなんだか気まずそうな顔でエプロンをはずしている。

「遼。おまえ、年下のガキ相手に怒鳴るな。おっかねえんだからよ」

「俺が悪いんすか？」

「いんや、全部正論だ。けど、正論じゃないところで動きたい人間もいるからさ」

宮本も長身だが、もとバレー部だという中垣はさらに背が高い。ふだんは存在感の強い中垣の隣で、宮本はほとんど目立たない。けれどこうして並び立ち、やわらかに諭す宮本の姿に、けっして中垣に見劣りするような弱さはなかった。

涙が滲《にじ》んだ目でじっと見つめると、宮本はくるりと直海に視線をめぐらせる。

「したい無理なら、すりゃいいさ」

「え？」

「傍《はた》から見たらどんなに無謀でばかだと言われても、やりとおしたいなら、やればいい。パンクするのも、リスクを負うのも、そいつの自由だ。だろ？」

それはどこか突き放したような物言いだったが、直海はふっと楽になる気がした。小さく息をつくと、宮本はくくっと笑う。

「あとまあ、遼のこの物言いはきついけど、一応直海の心配して言ってるわけなんで、そこは理解してやんな」

「……うん」

「遼も、それこそ、もうちょっと言葉と態度、ゆるくしといてやれ」

「……あんたはゆるすぎじゃないんですかね」

「ま、そこ言われるとちょっとねー」

宮本はへらっと笑って、場の剣呑さをあっさり丸めて片づけてしまった。

「おつかれさん」と中垣の広い背中を叩いて送り出し、自分でのれんを片づけてきた彼は、すぐに厨房《ちゅうぼう》に入ろうとする。

「あー直海、メシだったな。ちょっと待ってろ。なに残ってたかな……」

宮本が歩くたび、からころと足下《あしもと》で音がする。年中履いている下駄は使いこまれて角がまるい。足の爪も角丸で、下駄と似た形をしている。

くるぶしに浮いた腱《けん》をぼんやり見つめていた直海は、泣きそびれて熱っぽい頭のまま、ぽつりとつぶやいた。

「俺は、そんなにばかなことしてるかな」

親に逆らって自分から苦労して、成功するかもわからない道に賭《か》けて。

無理も無茶も呑みこんで、必死に頑張っている最中なのだ。失敗するだの馬鹿なことをだの、そんなことは百も承知で、だから放っておいてほしい。

しかし、それでも全部を見放されたり、距離を置かれるのは嫌だと感じるのはわがままだろうか。

「いいんじゃねえの、ばかで。つまんないもんだろうがなんだろうが、欲しいと思っちまったら、止まることなんかない」

残り物のおにぎりに味噌を塗り、焼きおにぎりをつくる宮本に問いかけてみると、飄々《ひょうひょう》とした声が返ってくる。

「世間的に認められる『いいもの』だとか、本物って言われるものじゃなくたって、本気になっちまうことは、あんだろ。それを自分が追い求めたいと思ったなら、それがおまえにとって本物なんだろう」

「……そんなんで、いいのかな」

「本気になっちまうのは、なんだってみっともないもんだ。手に入らなくて悔やむときなんか、本当に最悪に惨《みじ》めになるけど、やらないでグダグダするよりは、マシだろ」

笑いながら語る宮本も、破れた夢はあるだろうか。小説を投稿して諦めた過去や——それ以外のなにかを、彼は知っているのだろうか。

(知ってる、んだよな)

そうでなければ、この声の深さはない。直海のなかにまっすぐ落ちてきたりしない。

本気でやり尽くす前に恰好つけのポーズで投げた人間と、戦い尽くして負けて悟った人間との見分けがつかないほど、直海は鈍くも愚かでもないつもりだ。

「か、かっこわるいし、へたくそ、でも？　ものに、ならないかもしれなくても？」

「べつに俺は、直海をかっこいいと思ったことはねえぞ。最初が生ゴミだしな。意固地なクソガキなのも、わかって拾った。一貫してるよ、おまえの行動は。呆れるくらい」

だから、なにも変わらない。そうつぶやいた宮本の声を、直海は身体が震えるような気分で受け止める。

(俺、もう、だめだ……)

誰かに、そう言ってほしかったのだと思う。ばかでも、要領が悪くても、そのままであればいいと、認めてほしかった。

ずっと欲しかった答えを、なんでこんな適当そうなおっさんがくれるんだろう。

何度も何度も助けられてきたが、そのときに、まるで心までもが救われた気がした。

「若いやつはまったく、他人を傷つけることとか、自分を傷つけることばっかりうまくてどうしょうもねえな」

「……どういう、意味、だよ」

俺のことか、と指さしてみると「おまえも、遼もだ」と宮本はけらけら笑った。

「ひとのことで本気になって、わざわざ敵作る物言い選んで。熱いわなあ。……もっと楽にしな。人生なんか飯食って酒飲んで寝て、それ繰り返してればなんとなくすぎてくもんなんだよ」

「それ、なんかうしろ向きっぽい……」

「前向きじゃなくたって、うしろ向きに放っておいたって、けっこうどうにかなる。少なくとも俺は、生きてこられた」

そんな考えかた、したことがなかった。投げやりで怠惰に響くはずの言葉なのに、少しも惨めな逃避には思えなかった。

どこか、静かにやさしい宮本の声のせいかもしれない。涙の膜をとおしたせいだけでなく、もう我慢できなくて、ひっくく、としゃくりあげると、焼きおにぎりとおしぼりをカウンターに載せた宮本が、笑う。

眉間《みけん》に皺《しわ》のよった、あの顔で笑う。

好きになるのは——それを、それとはっきり自覚するには、充分すぎた。

このひとにもっと、ずっと、自分だけあまやかしていてほしい。直海の全部を見せてしまった宮本の、全部がほしいと、強く感じた。

けれど同時に、この気持ちを目の前の男に届けることが、ものすごく困難だろうことも悟ってしまうから、涙は止まらなかった。

「おまえは、案外よく泣くなあ」

「みっ……宮本さんの前、だけだよ」

だからこれからもちゃんと、ここで泣かせてくれと言いそうになって、直海は唇を噛んだ。

その代わり、じっと赤い目で見つめる。そこから溢《あふ》れるのは涙だけではない。

ふっと、空気が濃厚なものを孕《はら》む。ふたりきりの空間で、密度の高い会話をしているとき特有の、気持ちが絡まりあう瞬間が、たしかにそこにあった。

(このまんま、どうにか、なれない？)

一線を超えるという言葉がある。その『線』が、いまふたりの間であいまいになったのを、直海は肌で感じた。

けれど——宮本は困ったように笑って、直海の頭を軽く叩いた。

「子どもは、どこでだって泣けるんだ」

はぐらかされたと感じたのはたぶん気のせいではないだろう。目の前の男は、直海の複雑にこんがらがった気持ちに気づかないほど鈍くはないはずで、おそらく依存めいたものを抱えていることには、とうに気づいているだろうに、突き放さない。

(なんで、だよ)

いま、たしかに視線が絡んでいたのに。なにか、正体のわからない熱のようなものが、お互いの高揚を引き出したのに——宮本だって、気づいていないはずはないのに、それを見ないふりで流した。流されたことが、ショックだった。

ぽんぽんとなだめるような手のひらのリズムは、ふたたび、子どもと大人のラインを引くための儀式のような、そんな気がした。

＊　＊　＊

「昨日は、ごめん」

翌日、あれこれと言ってくれた中垣に顔をあわせるなり謝ると、彼は妙な顔をした。

「なんだ、素直だな」

「あんたの言ったこと、もっともだと思ったから。でも俺、逃げ道残してるんじゃなくて、ほんとにちゃんと、大学で勉強もしたいと思ってるよ」

中垣は、「ふーん」と相づちを打つなり、いつものとおり、ひとの話に興味のなさそうな顔をした。だが直海は、勝手に喋《しゃべ》ることにする。

「学費については、できるようなら手続きして、奨学生制度に切り替えるかなんかしようと思った。一応俺、成績いいし、やれなくないと思う。親には、まだ、言えねえけど」

いずれわかってもらおうと思う。そう続けると、中垣はまた「ふーん」と言ったのち、ややあってぽつりとつぶやいた。

「……休学するってのは？」

「それも考えたけど、なんか一回休むとずるずるになりそうだから。限界までやってみて、だめなら諦める」

「あっそ。じゃあ、いいんじゃねえの」

包丁仕事に入った中垣は顔もあげなかった。けれど、その口元がふっと笑っているのはわかったから、直海もそれでいいかと思った。

「あのね、あとさ。俺、オーディション全部終わったら、ここ出るよ」

「オーディションって、もう来月だろ。あて、あんのか」

もう一ヶ月もないだろう。中垣は眉をひそめたが、直海はのんびりした口調で告げる。

「たぶん、なんとかなる……と思う。大学の知りあいやバイト仲間にも、あたってみる」

もう少し素直に他人の力を借りて、やれる範囲でちゃんと努力したいと思った。

居候してからこっち、宮本はいっさい直海から家賃や食費を取らなかった。おかげでけっこう稼げたし、たぶん頼めば保証人にもなってくれるだろう。

宮本のことを考えると、妙なふうに胸が騒いだ。いたた、と小さくつぶやいて、直海は口を開く。

「……なあ、宮本さんってさあ」

「ナニモノとか訊《き》かれても、俺は知らん」

前に問いかけたことを覚えていたのだろう。リズミカルに包丁を動かしながら雑ぜ返す中垣に、直海はぼんやりした声でつぶやく。

「じゃなくて、彼女とかいんのかなあ？」

とんとんとん、と刻まれていたまな板を叩く音が、ぴたりと止まる。怪訝《けげん》そうな面持《おもも》ちの中垣がじっとこちらを凝視しているのはわかったけれど、直海の意識はうわの空だ。

しばしの沈黙のあと、中垣は奇妙な顔をしてみせたあげく、ひとことだけ答えた。

「……知らねえ」

「そっかあ……」

べつに答えてほしいわけでもなかった気がする。ひとりごとじみたそれに含まれたニュアンスに、聡《さと》い男は気づいてしまったかもしれないが、それもどうでもいい気がした。

(だって、たぶん、見こみはねえんだよな)

自覚したところでどうにもならない気持ちを、なぜ抱えてしまったのか。ため息が勝手にこぼれて、しくりと疼《うず》く胸を直海は手のひらで押さえた。


昨晩、泣くだけ泣いたあと、またいつかのように宮本の部屋で酒盛りになった。感情はもうぐちゃぐちゃで、ただ黙ってつきあってくれる宮本に嬉しいやら複雑やらでつい飲みすぎてしまい、気づけばそのまま、彼の部屋で眠りこんでいた。

朝方早く目が覚めてみると、ちゃんと布団に寝かせてくれていたのはいいけれど、隣には宮本が、大きな身体を丸めるようにして眠っていた。

「……っ」

どうして、と硬直したあと、部屋には布団がひと組しかなかったのだと気づいた。客用のそれは、いま間借りしている直海の部屋にあるけれど、不精なこの男のことだから、一緒に寝てしまえばいいと思ったのだろう。

眉をひそめた寝顔は、妙に苦しそうだった。そして、あらためてあのあいまいな笑いをなくした宮本の顔は、いっそ険しいほど精悍《せいかん》で端整なことにも気づかされた。

（もうちょっと髪の毛と鬚《ひげ》、なんとかして、きちっとした恰好したら、すごい男前になるんじゃねえのかな）

小さく笑って、なのになぜか、涙が滲んだ。理由などわからないまま、静かな寝息を繰り返す口元や、通った鼻筋、小汚いから剃《そ》れといつも思っていた無精鬚のひとつひとつが、とても貴重でたいせつなもののように感じられた。

せつなくて大きく息を吸うと、宮本のにおいがした。そして朝だからというわけではなく、身体のあの部分が反応するのを知って、顔が熱くなった。

（……俺、本当に、そうなんだ）

恋愛やセックスに関して、直海はボーダレスな自覚があった。けれど自分から強く欲するような相手はいままでひとりもおらず、なんとなく状況に流されて寝る、という程度の経験しかない。

けれど宮本には、寝顔を見ているだけで、においを感じただけでこんなに強く欲情する。ややこしく考えがちな——星川の言葉を借りれば頭の固い直海にとって、たぶん身体のほうが素直なのだろう。

昨晩、直海は涙の浮いた目で、宮本を誘いこもうとした。けれどずるい大人は、するりとそれを躱《かわ》してしまった。

(俺ひとり、盛りあがっただけ、かなあ)

酔狂だと言いながら、たいがいあまやかしてくれたから、少しは見こみもあるかと思った。けれど、直海のように誰も彼も、恋愛に対してフレキシブルに考えられるわけではない。

男は対象外だと出会いのころに言い渡されているし、まったくその気になれないのかもしれない。

(でも、気づいたくせに)

どうしてひとつ布団で寝るなんて、残酷なことができるのだろうか。それともこれも牽制《けんせい》か。おまえのことをなんとも思っていないと、行動で知らしめるつもりなのか。

(……ぜんぜん、わかんねえや)

もう一度寝直すのは無理だった。そっと布団からはい出て、直海は自室に戻る。

鼻先にはいつまでも、宮本のにおいが残っている気がした。

あらためて自分の気持ちに向きあってみると、いままで気にもしていなかったことが、ひどく引っかかった。

儲《もう》かりもしない店をやっている彼は、やんわり微笑んでいるけれど、けっして胸の裡《うち》に他人を踏みこませない。直海のことは丸裸にしたくせに、自分については語らない。

年齢の開きのせいばかりでなく、どこか摑みどころがない宮本が、まったくわからない。けれど、自覚したばかりの恋心に、彼がまるで応える気がないことだけは、わかってしまう。

(三月か)

出て行くと言ってもきっと、引き留めもしないんだろうと直海はため息をつく。

(言わないほうが、いいんだろうなあ)

昨晩の宮本のはぐらかしが、気まずくならないための手段だとしたら、直海はそれを守るしかない。なにより、これ以上の迷惑をかけたくはなかった。

(痛い)

考えればやるせなく、しかしその痛みは決して悪いものではなかった。いままで、自分のやりたいことのために誰を振り返ることもなく来た直海が、はじめて誰かのために「我慢」を覚えることができたのだ。

これでひとつ大人になったんだろうと懸命に自分に言い聞かせ、しかしそれはひどく苦しくて、たまらないものがあるのも事実だった。

「おい、ぼけっとしてないで、メシ食うなら食って、ガッコいけ」

「あ、うん。ごめん」

中垣の声に、我に返る。

いずれにしろいまは、自分のやるべきことをやるだけだと、直海は立ちあがった。

＊　＊　＊

この日のワークショップでは、Ａ・Ｂ両グループでの通し稽古をそれぞれ見せあい、検討するということになっていた。

二次テストのときのように、スタジオの前方には和田や吾妻らがずらりと並んでいる。実質的には今日の出来次第で、入団合格者を判断することにもなるのは、暗黙の了解であったから、全員が緊張しきった面持ちでいた。

『お互い、見終わったらディスカッションすること。まずは、Ａグループからはじめて』

はい、と答えて立ちあがった高瀬を、直海は壁際でじっと見つめる。

背はさほど高くないが、全体のバランスがいい。たしかに印象は地味だが、よく見るとあまくきれいな顔をしている。

この日、披露するパートは、つれないディミトリアスへと切々と恋を語るヘレナのパートからはじまる。

「おまえはなぜ、そうもわたしを追う？　わたしが愛するのは、ハーミアただひとり」

スタジオに、のびやかな高瀬の声が響いた。

「――わたくしの心は、いつまでもあなたさまにささげております。あなたが誰を愛していらしても。そして、あなたの恋が、想いが、あのかたに通じることを、心から祈っています」

高瀬はどこまでも純真なヘレナを演じた。他の女を愛するディミトリアスに対し、ひたすら一途で、自分を犠牲にしても愛した男のために尽くそうとする姿は、真摯《しんし》で懸命な彼そのものにも思えた。

同じグループの星川は、妖精の女王であるティターニアを演じた。この長身で低い声を持ちながら、ひとたび役に入れば妖艶《ようえん》で婀娜《あだ》っぽい女になってみせ、ふわりとした動きは、練習着のジャージ姿であるにも拘《かか》わらず、翻《ひるがえ》るドレスが見えるような錯覚を覚えるほどに、優雅だ。やはりあの軽薄な姿が本質ではないのだなと舌を巻く。

だがやはり、直海の関心は高瀬にあった。

「どこまでも、あなただけをお慕い申しあげております。遠く、地の果てまで行かれても、わたくしの心はただこの場に止《とど》まるでしょう。……愛しています」

涙声を震わせる姿は健気《けなげ》で可憐《かれん》だった。一瞬高瀬の性別を忘れるほどに。

(こんなのが埋まってるから、怖いよな)

オーディション前にはまったくのノーチェックでいた高瀬に、いまは全員が注目している。

直海は悔しさにきりりと唇を噛んで、睨んでいるかのように真剣な目で高瀬の姿を追った。

（くそ。さきにこれ出されちゃ、やりづれえ）

これと同じ役をやるのかと思えば、落ち着かない。

ヘレナが懸命に自分を殺し、ディミトリアスを恋い慕う姿。それはどこか、宮本への気持ちに焦《じ》れている、自分自身のようで――けれど、ふっと違和感を覚えた。

直海の演技プランも、やはり一途で思いつめる女、というスタイルだった。だが本質にあるものが、高瀬と自分では違いすぎる。同じラインでやっても、おそらくカマトトと、また和田に怒鳴られるだろう。

（だったら、いっそ……）

いずれにしろぶっつけでアドリブ任せのワークショップだ、かまうまい。前日まで考えていた演技を、直海はその瞬間捨て去った。

『じゃ、次。Bのほう、はじめて』

「はい！」

振り向かない男に焦がれる気持ち。押し殺さなければいけない恋。それが現実の世界ではままならなくとも、芝居のうえではすべてを解放してかまわないはずだ。

そう思って演じた直海の「ヘレナ」は、高瀬とは対極のものだった。

相手役のディミトリアスが、比良方だったというのもあるだろう。Aグループの人間が演じたような優柔不断なやさしい青年ではなく、比良方のディミトリアスは傲慢《ごうまん》で利己主義の男だ。それにより健気なヘレナが哀れに映る――というバランスだったが、そのラインはもうやめだ。

なにより、あのきつい女なら、いままでのやり方を変えてもついてきてくれる。

「おまえはなぜ、そうもわたしを追う？　わたしが愛するのは、ハーミアただひとり」

基礎の脚本どおりの、Aグループのディミトリアスとまったく同じ台詞。だが抑揚を低く、苛立たしげに発せられるだけで、ニュアンスはまるで変わってくる。冷たく傲慢な、嫌悪さえ滲ませたそれに、直海もまた冒頭だけは、高瀬の台詞と同じ言葉で受け答えた。

「わたくしの心は、いつまでもあなたさまにささげております」

だが、すうっと息を吸いこみ、昏《くら》い笑みを浮かべた直海の次の台詞は、いままでとはまったく異なるものだった。

「地の果てまで行かれても――私はそれを魂となって追いかけ、見つめ、愛するでしょう。その隣に誰の姿があっても、あきらめない。忘れない」

「な……？」

「この血反吐《ちへど》吐くような想いが叶《かな》わなくとも、決してこの想いだけは、あなたに拒まれても蔑《さげす》まれても、消えることはない。だから――あなた、この心臓をお受け取りなさいませ!!」

高瀬の一途な可憐さと相反した、身勝手な執拗さ。涙ぐましい健気な笑みを浮かべるのではなく、にたりと引きつった表情を浮かべた直海のそれは、恋に狂った女そのものだった。

前日までとまるで違うそれに、一瞬だけ比良方は眉を動かした。

（やるじゃん？）

目顔で、そう告げられたのがわかった。こちらの芝居に乗ってくれたのがわかり、直海もまたにやりとする。

原作そのものの持ち味である、ユーモラスな部分も、直海のヘレナのおかげでさらに引き立った。ストーカーまがいにディミトリアスを追いかけ、罵られながらしがみついて離さないというヘレナの行動は笑いを誘い、他の役についた連中をも引きずって、最後まで高いテンションで走りきった。

指のさきまで意識をめぐらせ、声を張る。全身を使った表現に、汗がほとばしる。

頭がふっと軽くなり、自分ではない誰かがこの身に宿る瞬間。恍惚《こうこつ》とするそれを、直海はひさしぶりに味わっていた。


結果、演出家の和田に賞賛されたのはBグループのほうだった。正統派の恋愛劇よりも、どうしようもない愛憎劇となったためちゃくちゃな展開を、癖のある和田は好んだようだ。

『とりあえず、お疲れ。……ていうか湯田！　カマトトのあとにストーカーか！　おまえはバカか！　なんだあの、気持ち悪いヘレナは！』

「え、えへへ……？」

相変わらずひどい言葉だったが、誰よりも爆笑していた和田は、はじめて直海に笑顔を向けた。直海自身も一皮むけたような爽快感があった。あくまでも練習用の演目ではあったが、手応えは充分だった。

そしてまた、星川は喜色満面という顔をして、直海のもとに走ってきた。

「なんや、直海、すごかったやん！　なにがあったんよ、やっぱりセックスした⁉　怖いけどエロくてよかったわー、なあやろう、やっぱやろう！」

「……あのさ、だからおまえ、なんで全部シモなの……」

誉《ほ》めてくれるのはありがたいが、受け入れられるわけがないだろうと殴り倒す。もはや星川のシモネタ星人ぶりは、この顔ぶれのなかでは馴染《なじ》みになっていて、いまさら誰もなんとも思わなかったようだ。

しかし、いくら和田に誉められても星川に見直したと言われても、浮かべた笑みが困惑気味になってしまったのは、自分でも目を逸《そ》らしていた本音を、芝居によってさらけ出してしまったからかもしれない。

芝居のあとの高揚が去ると、なんだか苦いものを覚えた。

(俺、思ったよりずっと、ドロドロしてたんだな)

ヘレナの台詞を即興で仕立てながら、心のなかにあったのは、あの目を逸らされた瞬間の失望と、翌朝のあまくつらい衝動的な欲情だった。

つれなくあしらわれようと、見ないふりをされていようと、心は変えられない。たとえ受け入れられる可能性がゼロでも、ひとたび惚《ほ》れこんだら絶対に、離さない。

そうやっていままで、芝居にしがみついてきた。ほかのなにかに冷めたポーズを取れたのは、本気で摑もうと思ってなどいなかったからだ。

(芝居、なら。俺ががんばれば、どうにかなる。努力次第できっと、さきにつないでいくことはできる)

けれど、宮本が応えてくれない限り、この恋にさきはない。

どうしたらいいのかと惑いつつ、気持ちを捨てる気になれない自分がいる。ため息をついて汗を拭《ぬぐ》っていると、比良方が声をかけてきた。

「湯田、お疲れ」

「あ、うん。お疲れ……さっきは、さんきゅ」

唐突な演技プラン変更で、比良方も面食らったと思う。詫《わ》びる言葉に彼女はふっとニヒルに笑っただけで、まったく違う事柄を口にした。

「あんた、いまひとんちに間借りだって言ってたでしょう。知りあいがちょうど、地元に戻るから部屋を出るって言ってるんだけど、家賃も条件、あうわよ。どうする?」

「え……?」

「次の人間探してるみたいだから。あんたが他にアテがあるなら、よそに話まわすから。決めるなら三日以内にして」

言いたいことだけ言って、さっさと比良方はきびすを返す。少し意外だったのは、比良方に住まいの相談などしていなかったからだ。芝居あとの雑談などで、いま住む家を探していると誰かに話した覚えはあるが、まさか力になってくれるとは。

「あ、あの……ありがとうございました！」

あわてて背中に声をかけると、比良方は振り向かないまま手を振るだけだった。細いが迫力のある背中を見送り、直海はため息をつく。

「……いい機会、かな」

あのまま近くにいても、たぶんなにも変わらない。偶然からはじまり、宮本にあまえ続けた日々に、そろそろ終わりを告げるべきなのだ。

やさしすぎるあの部屋から出て、もっとしっかりしなければならないだろう。

宮本に迷惑をかけたくない。それでも、つながりは切りたくない。

複雑に乱れる心を抑えるように、汗ばんだシャツをぎゅっと、握りしめた。

＊　＊　＊

そして結局三月を待たずに、直海は韋駄天から出ていった。

案の定宮本は引き留めようとせず、「がんばれ」という言葉ひとつで送り出されて、わかっていても少しだけ直海は落ちこんだ。

比良方の紹介してくれた部屋は、間取りの広さだけは前のものと同じだが、比較的新しく、きれいな1DKのマンションだった。それでいて家賃は以前と変わらず、いったいどういうことだと驚いた。聞けば、もともとの部屋の持ち主がいまは海外にいるのだが、不動産屋を仲介するのではなく、知りあいの紹介で信用できる人間にしか貸さないのだという。仲介料を取られないぶんだけ安くあがるのだと説明され、直海は家主にも比良方にも、拝まんばかりに感謝した。

事態が好転する時期というのは続くもので、住居が決まってほどなく、直海はラジオゾンデの正式な入団が決まった。

和田の演技指導は相変わらずきつく、稽古もハードになってきていたため、稽古場に寝泊まりする日々が続いていた。そうでない日は打ち合わせと称した飲み会のついでに誰かの家になだれこみ、もしくはバイトさきのバーで朝まで時間を潰《つぶ》すなどしていたら、あっという間に日々はすぎていた。

(前はあんなに、住むとこに困ってたのにな)

いざとなれば、家がなくても人間どうにか生きていけるものだと、直海は奇妙なおかしささえ覚えたものだった。むろん、自分ひとりの力ではない。快く泊めてくれる友人や、バイト仲間たちのシフトの協力などもあって、はじめていまが成立している。

大学の出席が厳しいときや、レポート関係では律にも助けを求めると、却《かえ》って嬉しそうに「まかせて」と言ってくれた。

自分を助けてくれるひとに素直に頼り、力を貸してくれと頭をさげるという、たったそれだけのことすらできないでいた。どれほど未熟だったのかと、恥ずかしくなるほどだ。

そして、中垣に言われてからの懸案であった大学の奨学生制度の手続きは、本来の申請時期ははずれていたが、新年度ぶんから受けつけてもらえることになった。

親に仕送りを切られて生活がきついと言ったところまでは担当者はいささか渋っていたが、地上げ屋の一件なども告げると、考慮すると言ってくれた。ただし保護者に一応確認を取ると言われ、電話した際に父親は「うちには関わりのないものだ」と言い放ったらしい。学費の返却を要請しなかったのは、たんに立場ある父がみみっちい真似《まね》をしたくないというだけのことらしく、中垣の予測した親心はいまいち感じられなかった。

だが電話でのやりとりで、むしろ心証的には直海に傾いた。むろん、いままで必死に成績を保ってきたというのも大きい。

――いろいろあるだろうけれど、頑張ってください。

各種の書類を受けとって、あたたかく告げられたとき、ちょっと泣けた。

（意外に、いいひとっているもんだなあ）

宮本の前で大泣きし、彼への気持ちを自覚して以来、直海は少しだけなにかが吹っ切れた気分になっていた。世の中は広く、自分は狭く、できない無理までを、それこそ意固地にやっていただけなのだと、素直に認められた。

けれど、そのぶんだけ宮本に対しての好意を隠すことができなくなった。

はっきりと自覚してしまったせいで身体の欲求さえも覚えるようになってしまい、引っ越しを急いだのは、日に日に彼のそばにいるのがつらくなったせいもある。

そのくせ、あきらめきれない。自分から出ていったくせに、時間を見繕《みつく》い、彼の店へ顔を出すことはやめられないでいた。


「なんだ、直海。ひさびさだな」

「あー、えへへ……こんばんは」

のれんをくぐったさき、相変わらずの鬚面を見つけて、直海はほっこりと笑う。ひさびさ、という言葉のとおり、韋駄天を訪れたのは、なんと二ヶ月ぶりだった。

季節はすでに初夏へとうつり、外を歩けばうっすらと汗ばむような陽気が続いている。

「直海くん、ひさしぶり」

「あっ、寺脇《てらわき》せんせ。こんばんは、ひさしぶり」

直海はにっこりと微笑む。いまここにいる客は、宮本のいとこである獣医のみだ。だが妙に圧迫感が少ないことに気づき、きょろりと店内を見まわすと無愛想男がいなかった。

「今日は、中垣さんは？」

「ああ、レポートが立てこんでるんだとよ」

適当に座れと言われ、寺脇の隣、カウンター席に陣取る。

「引っ越し前も劇団のことでばたばたしてたみたいだけど、相変わらず忙しいの？　身体、平気？」

隣の寺脇に話しかけられ、直海はうなずいた。

「ん、まあなんとか。でも無事に合格できたし、充実してます」

忙しいというのは事実でもあったが、まだここを出る前においては、宮本との接触を減らす口実でもあった。

直海はあいまいに笑ってみせ、その表情は少しだけ、宮本の浮かべる笑みに似ているかもしれないと思った。

「充実はいいけど、メシ食ってるか？」

「……宮本さんて、俺の顔見るとメシメシって言うよなあ」

わざとふくれてみせると「そりゃ当然」と宮本は笑う。

「ゴミステーションで拾った行き倒れに粥《かゆ》食わせたら、泣きながらうまいって言われちまったからなあ。餌《え》づけした動物は面倒みなきゃいかんだろう」

出会いのことを口にされ、直海は目を瞠《みは》る。

「覚えて……」

「忘れるか、あんなインパクトつええのを」

ぽんと頭に手を置かれ、直海は一瞬硬直する。タイミングよく客が訪れたことで、宮本はすぐにその手を離した。

「好きなの食っていけや。……いらっしゃいませぇ」

なんとなく、宮本が触ったあたりを撫《な》でてみる。じんわりと熱を持っている気がして、指先が痺《しび》れた。

「……どうしたの、直海くん」

隣にいる寺脇が、静かに問いかけてくる。はっとして横を向くと、宮本とよく似た形の目が、少しだけおもしろがるように直海を見つめていた。

「な、なんでもないです」

目を逸らしあわててごまかしたが、妙な反応をしたのはばれたかもしれない。じっと見つめてくる寺脇は、意図の読めない、けれど品のいい笑みを浮かべた。

「……直海くんは、ハジメが好きだねえ」

「え、あ、……え、ええ。世話に、なったし」

身を寄せて、そっとひそめた声で問われる。心臓はいやなふうにどきどきしていたが、どうにか笑って答えてみせた。

「来てくれて嬉しいよ。きみがいなくなってからね、なんかこの店もさみしくてね」

「そ、そんなことないっすよ。なに言ってるんですか」

声がうわずり、この程度の芝居も打てないのかと内心舌打ちしそうになる。

(大根……)

不意打ちに揺れたままの気持ちが不安を誘う。なにも追及しないでほしいと目顔で訴えると、寺脇はやはり、やさしく笑った。なにかそれが、哀《かな》しさを孕んでいるような色をしていて、直海は戸惑う。

「あいつをね、あきらめないでいてやってね」

「え……？」

「ちゃんと、捕まえてやってくれよ。……頼むね」

どういう意味だろう。あまりに含みが多すぎて摑めないまま、呆然《ぼうぜん》としている直海を置いて、寺脇は立ちあがる。

「ハジメ、帰るから。話はまた今度」

「……よろしく言ってくれ」

「自分で言え」

宮本に声をかけた彼は、さきほどまで直海に向けたのとまるで違う厳しい表情をしていた。いったいなにが、と思うけれど、訊ける雰囲気ではない。

(そういえば、前もなんか、あったなあ)

このいとこ同士は、他の客の目がないと、妙に剣呑な空気で話しあっていることが多い。中垣は詳細を知っているようだが、あの男は絶対に口を割らないだろうし、直海はいまだに事情を知らないままだ。

(俺、ほんとにただ、あまやかされてただけだなあ)

たった二ヶ月ほどの居候生活では、宮本のなにを知ったとも言えない。そのくせ、些細《ささい》な接触や会話だけでも、胸が締めつけられるほどにせつなくなる。

宮本もむろん、気づいてはいるだろう。しかし彼はなにも変わることはなく、こうして訪ねてみれば、やさしく迎えてはくれる。だが、それは結局ひとまわり以上年下の男など相手にする気もないからだとしか思えない。

(あきらめるなって、言われてもな)

告白したところで、宮本はあのやんわりした笑みのまま「ありがとうな」と言うだろうけれど、きっとそれを受け入れることはない。

相変わらず、あまやかしてくれるし、やさしい。けれどふたりの間に引かれたラインから直海がはみ出そうとしたら、きっと逃げる。そして二度と、あの広い懐《ふところ》に入れてくれることはしないだろう。そのときこそ――ちゃんと直海に、あきらめさせるだろう。

だから、言えない。言わなければいまのまま、あまえることができる。

好きだと打ち明けることさえできない、そんな本気もあるのだと知った。

(どこまで、このままでいられるんだろ)

平気なふりをしていれば、いつか、忘れることができるだろうか。それとも、短気な直海がいずれ耐えきれなくなって、溢れた感情が宮本に叩きつけられ、粉々になる日が来るのだろうか。

なにも見えないまま、湯気の向こうに移る謎《なぞ》だらけの男をただ、じっと見つめる。

(俺は、もっと知りたいよ)

ただペットのように、ラインを引いた向こう側でかわいがられるだけではなく、誰より宮本の近くにいたい。そのためなら、多分なんでもできると思う。

せつなく見つめても、常連客と笑いあい酒を飲む宮本は、もう直海を見てはくれなかった。

横顔に感じる遠さが、いまの宮本との距離なのだと、直海は痛感していた。

＊　＊　＊

ままならない気持ちを抱えていようとも、日々は続く。

大学に行って、稽古して、バイトして——とすごしていると、あっという間に季節は移り、街はまた、緑と赤と金モールに彩られはじめる。

「もうそんな季節かあ」

「寒くなったよな。なんか最近、一年が早い」

アルバイト仲間に「年寄りかよ」とツッコミながらも、直海も時の流れの速さを感じていた。

（あっという間だったなあ）

すでに宮本と出会ってから、一年近くが経《た》とうとしていた。

その間、怒濤《どとう》のようなめまぐるしいスケジュールに追い立てられた状況にくじけそうになったことはいくつもあったが、以前ほど追いつめられた感じはなかった。

（あっちの進展は、なんにもないけど）

宮本への気持ちも、彼との距離も、相変わらずだ。たまに稽古やアルバイトの合間を縫って顔を出し、変わらぬ顔で笑いかけては、苦しくなる。そしてもう、好きでいることも、会いに行くこともやめようかと考える。

けれど会えなければ会えないでまたつらくなるから、結局は定期的に、韋駄天へと足を運んでしまっていた。

だが、つらいといえばそのくらいだ。心にも生活にも、昔とは比べるべくもない充実感があって、忙しくても頑張れる自分が素直に嬉しいと思える。それがいい影響を及ぼしたのか、近ごろの芝居には深みが出てきたと、和田にも誉められた。

「なんだよ、にやにやして。あ、もしかしてクリスマス、デート？」

「ばっか、違うよ。ちょっといいことあったんだ」

「え、なんだよ、教えて」

「内緒」

これだけは、宮本にいちばんに言うのだと、この日の昼に起きたできごとを思いだし、直海はにんまりと笑った。


「主役は高瀬だが、おまえ、それに食われないだけのもん、出せよ」

来年の春に行われるトライアルプレイについての打ち合わせで、和田は突然そう言った。

ぽんと手渡された香盤表では、直海の名前は四番目にあった。高瀬、星川、比良方と並んだその次が直海だ。貪《むさぼ》るように読んだ脚本は近未来仕立ての事件もので、台詞も出番もかなり多い。

「ゴレンジャーでいうところの、おまえはキレンジャーってとこだな。アカレンジャーが高瀬でアオが星川。比良方はまあピンクだな」

「……たとえが古すぎてわかんないすよ、和田センセイ」

雑ぜ返すと頭を叩かれたが、言いたいことはわかる。直海のそれは、にぎやかし的に笑いを取る場面が多い役だ。道化的に振る舞っては皆をなごませ、おおらかで思いやりがある。けれど最後には、全員を助けるために死んでいく。正直、かなりおいしい役どころだった。

「俺その役、欲しかってんけどなあ。いいなあ、直海」

三の線なら得意なのにとふてくされた星川は、どこまでもクールな皮肉屋の役だ。しかも女嫌いで純情という、本人と対極にいるようなキャラクター。よくよく脚本を読み込めば、熱血な役柄を物静かでおとなしい高瀬が、全員を見守るやさしい女性を比良方が演じることになっている。

「もしかして、これ、逆のあて書きしました？」

問いかけると、和田はにやりとする。本人の性格やキャラクターにあわせた脚本作りを『あて書き』というが、今回の場合は見事に、すべてがひっくり返っていた。男女の役柄をチェンジしたりと、和田はとことん、ひねくれているらしい。

「俺がトライアルに書き下ろしなんざ、十年ぶりだぞ。心してやれ」

ふてぶてしい人気脚本家は、同時に遅筆でも有名だ。新作も滅多に書き下ろさない彼が、短めの演目とはいえ、これだけのものを書くのが希有《けう》なのは言うまでもない。

（すげえ。どきどきする）

なにかが起きる気がして、血が騒ぐ。そして同時に、和田いわくの『キレンジャー』なるキャラクターがこのお調子者だとされるなら、脚本家兼演出家は、ただしく直海の根底にあるものを読みとったのだと気づかされ、少しだけ怖い。

そしておそらく、逆転の果てにある本質を出せというのだろう。

（短気で、ドロドロで、きれいじゃなくて、執着が強くて――本当は、小心者）

そのとおりだと笑って、直海は脚本を握りしめる。

武者震いに、薄い冊子がかさかさと音を立てた。このなかに、直海の夢がつまっていた。


「おつかれー。おさきに」

「おう、おつかれ」

ジャズバーでのアルバイトを終えた直海は、まっすぐ韋駄天に向かった。「いいことってなんだよ」とさんざんバイト仲間にはつつかれたが、絶対に口を割らなかった。

役をもらえたことを、誰より早く伝えたい相手は、むろん宮本だ。

電話しようかと考えたが、直接顔を見て話したいと思った。またふらっと旅に出てしまっていたらとも思ったが、なんとなく、今夜はあの店に宮本がいる気がした。

（遅いけど、まだ開いてるかな）

とうに真夜中をすぎ、いつかのように三駅前から直海は走る。あの男のもとを出て行ってから、翌日の稽古や授業に響くからと、日付が変わる時間になって直海が訪れたことはなかった。むろん半分は言い訳で、遅くなって帰れなくなったり、必要以上に宮本と過ごす時間を作らないためだった。

（宮本さん、なんて言ってくれるかな）

少しでも彼のしてくれたことに報いることができるなら、たぶん言葉で礼を言うより、なにかの役に立とうとするより、自分がいまやっていることで結果を出すことなのだと思って、やってきた。

ずっと、泣いたり愚痴ったり、そんなことばかりで情けなかった。誇れる話をはじめて、彼にできる。それが嬉しくて、駅からの道をひた走った直海は、のれんこそさげられているが灯《あか》りのついた店にたどり着き、ほっとする。

（よかった、開いてる）

これで、無愛想なアルバイトひとりだけだったらむなしいが。中垣には失礼なことを思いつつ、直海は引き戸に手をかけようとした。だがそこで響いた、鋭い声に固まってしまう。

「――いいかげんにしろ！」

（え……）

この店は酒が出るとはいえ、妙な酔客がもめごとを起こしたりすることは、めったにない。荒れた気配に驚いて、そっと格子木の隙間《すきま》のガラスからこっそりと覗き見るように店内をうかがうと、そこには宮本と寺脇のふたりがいた。

「いつまでも、昔のことを引きずって、そうして投げやりになるな！　もう少し自分のことをちゃんと考えろよ！」

「そんなんじゃねえって。勘弁しろよ、孝ちゃん」

カウンター席に座り、酒を飲む宮本の前に仁王立ちになって、寺脇は穏和な彼とも思えないほど、声を荒らげている。

そのことにも驚いたが、直海は寺脇の服装にも違和感を覚えた。スーツ姿なのはいつものことだが、今日の彼は上下とも真っ黒だ。そして苛立たしげに頭を抱えた彼の身体の角度が変わったことで、理由に気づく。

（ネクタイも、黒い……ってことは、喪服？）

なにか不幸でもあったのだろうか。とてもなかに入れる空気ではなく、どうしたらいいかわからないまま直海が立ちつくしていると、ふっと顔をあげた宮本と目が合う。

（あ――）

黙っているようにと視線で告げられ、あわててうなずいた。そして宮本は、疲れたような声で寺脇に笑いかける。

「もう、いいだろ。終わった話だし、俺はいまさら顔だしできる立場じゃねえよ」

「爺《じい》さんはおまえのこと、待ってたんだぞ……っ！　見舞いくらい来たって、誰も咎めやしないのに、どうして！」

「……見られたくねえんだよ。勘弁してくれ、孝ちゃん」

頼む、とつぶやく宮本の顔は、それでも笑っていた。だが、いつものそれより力ない笑みに、寺脇は呻《うめ》くような声を発してきびすを返す。

「ばかやろうがっ」

「知ってるよ」

そのまま、足早にこちらに向かってくる寺脇にあわてて、直海は物陰に引っこんだ。肩を怒らせた寺脇は気づいた様子もなく、乱暴に引き戸を閉めると去っていく。

「……直海、入ってきな」

ややあって、からりと引き戸が開いた。暗闇《くらやみ》のなかでうずくまっていた直海は、おずおずと「いいの？」と問いかける。

「いいから言ってんだ。来い、来い」

手招きされ、うなずいて立ちあがる。うしろ手に戸を閉めると、習慣でそのまま鍵《かぎ》をかけてしまった。

「はは、すっかり戸締まりが身についたな」

「あ、ごめ」

「いいさ。……で、どうした？　こんな時間に」

カウンター席に座りなおした宮本は、いつものように「なにか食べるか」とは聞かない。疲れた横顔を隠しもせず、手酌《てじゃく》のコップ酒をひといきに呷《あお》った。

（なにが、あったんだろう）

ひどくまいっているような様子と、寺脇の喪服も気になったけれど、重い空気を飛ばすように、直海はあえて気づかないふりで声を明るくした。

「えと、あの！　今度俺、けっこういい役もらったから、報告したくてさ！」

「おお？　あの、トライアルプレイってやつか？」

「うん、これ見て。こんだけ台詞ある。出番もこの黄色い線引いてあるとこが、全部、俺」

ほらほら、と子どものように脚本を差し出してみせる。すでにここに来る前に、自分の台詞はラインマーカーで色づけしてあった。

「すげえいっぱいあるぞ？　全部覚えんのかこれ。大変だな」

とぼけたことを言う宮本に、直海はふてくされてみせる。

「なんだよ、そんだけ出番あるんだってことだぞ。誉めろよ！」

「はいはい、えらいえらい、スゴイスゴイ」

「心こもってねーっ」

わざとらしいくらいにはしゃいでみせるのは、笑ってほしいからだ。さきほど、寺脇に怒鳴りつけられていた宮本は、いつもより身体が縮んでしまったような、ひどく頼りない気配がした。

「んでこれ。和田さんはキレンジャーとか言うんだけど、宮本さんリアルタイム？」

「あー……おまえ知らないの？」

「やっぱオヤジなんだなあ」

本当はもう、配役のことなどどうでもよかった。なにがあったのか、知りたい。けれどそれを自分で切り出したら、宮本が壊れてしまいそうで訊けないまま、直海は喋り続けた。

けれど、ほんの会話の隙間。次の言葉を探す数秒に、苦笑した宮本はつぶやいてしまう。

「……なにも訊かないのか」

出会いの日とまるで逆の役柄をふられたかのように、宮本に問われた。そこで彼と同じ台詞を返すには、直海は大人ではなかったし――彼を好きになりすぎていた。

「俺が、聞いていい話なら、聞きたい」

「おっさんのつまんねえ昔語りにつきあうつもりか？」

「あんたのことなら、なんでも知りたい」

はしゃいだふりを捨て、まっすぐに目を見つめて告げると、黒く静謐《せいひつ》な目はやはり、直海が抱えた気持ちを知っているのだと語っていた。

「困ったヤツだ」

隣に座るようにと言われ、うなずいて腰かける。

「爺さんがな、死んだんだ。もう一年くらい、入院してたんだけどな」

これは送り酒だと、宮本はグラスを揺らしてみせる。

「一年、って……」

そういえば以前、この店のなかで妙な空気だったことを直海は思い出す。あのとき寺脇は、見舞いに行けと叱《しか》っていたのだろうと気がついた。

「どうして行かなかったんだよ？」

「つっこむなあ」

「訊いていいっつったの、宮本さんだろ」

それもそうかと微笑んだ宮本の顔は、いつものあの、読めないあいまいな苦さ。ここまで来て閉め出すなと睨むと、「たいした話じゃねえんだよ」とのんびりした声で彼は言った。

「まあ簡単に言えば、俺は親戚の間じゃ、鼻つまみなんだよ。つきあいがあるのは、孝治くらいのもんだ」

「鼻つまみって、なんで」

「そりゃ。せっかく入った一流企業、不倫騒ぎで辞職したから」

「ふうん、不倫……って、えっ!?」

さらっと言われて、一瞬聞き流しそうになった。ワンテンポ遅れてぎょっとすると、宮本は「なんだその顔」とおかしそうに頭をはたいてくる。

「え、だって、不倫って……ど、どっち？　人妻？　それとも宮本さんが結婚してたの？」

「相手が人妻、俺はまだそのころ二十五だった」

十年前の話かと、直海は一瞬覚えた痛みをやりすごす。けれど、そこから語られた宮本の過去は、思った以上に厄介《やっかい》だった。

「いまの俺じゃ信じらんねえだろうけどな。遼と同じ大学にいってたんだよ」

「……マジですか」

直海の大学もそこそこのレベルだが、中垣の通うそれは超がつく一流難関大学だ。思わずまじまじと宮本を見つめてしまうと、失礼なやつだと笑う。

「これでも、商社マンしてたんだぞ。……って、いまじゃそうは言わんのか。なんつうの、エグゼクティブ？」

「もっと似合わないから、それはいいよ……」

彼はもともと、直海も名前はよく知っている一流企業に勤めていたそうだ。親族一同もエリート揃《ぞろ》いで、学歴も高いものばかり。

「前に、言っただろ。同じようなレベルの連中にまみれてられるのは、学生時代がせいぜいって。あれは俺自身がまんま、そうだったんだ」

えらそうに言ったもんだと苦笑する宮本は、社会的にも親族のなかでもけっこうな期待株だったと、まるで他人事のように言った。

「むしろ獣医を選んだ孝ちゃんのほうが、はみ出しものだったな。まあ、おかげでいまはつるんでられるけど」

「そうだったんだ……」

「生きてる枠がな、狭かったんだ。トップにいる自分みたいなものを、疑ってなかった」

いまではそれが恥ずかしいと言う、『すぐれた自分』を信じたままに生きてきた宮本は、しかし、会社である女子社員と出会ってしまった。

「あいつと知り合ったきっかけは、退職する同僚の送別会であいつが悪酔いしたせいだった。たまたま隣にいて、うぜえって思ったけど、ほっとくわけにいかなくてな」

契約社員で、部署も違った。そんなことでもなければ知りあうこともなかったろうと、少し遠い目をする宮本の目に、かつての恋人の顔が浮かんでいるのだろう。ずきりと胸が痛み、直海はそれをごまかすように、笑って手をあげてみせた。

「えと、下世話なしつもんします。……美人、だった？」

「それがなあ。まったく。どーってことねえ、ふつうの顔」

色気があるわけでも美人でもなく、気の弱い、地味な女だったと彼は語った。しかも仕事が特にできるわけでもない、取り替えのきく契約社員。

たまたま隣にいたせいで面倒を見させられ、正直不愉快だったと宮本は言う。

「家どこだって訊いても要領得ないし、しょうがねえから俺がそのころ住んでたマンションに、連れて帰った。そしたら、部屋にあげたとたん、愚痴りだしやがって」

その日酩酊《めいてい》状態になるまで酔ったのは、彼女の夫が浮気をしていたせいだった。関係もない人妻の、鬱々《うつうつ》とした話を聞かされ続け、本当に叩き出してやろうと思った、と言う。

「けど、なんかかな。ぐったりして、しんどそうな顔見てると、ほっとけなかった」

「……ほっとけなかった？」

「泣くんだよ。ごめんなさい、ごめんなさいって。半分意識ないのに」

鬱陶《うっとう》しいと思いながら、彼女のなかにある弱さがひどく気になった。

「地味な顔で、でも泣いたせいで妙に顔が赤くて。寂しい、つらいって泣きつかれて、まあ……ぶっちゃけ、魔が差した」

そうして気づけばベッドをともにしていて、のめりこんでいたのは宮本のほうだった。

「どこがよかったんだか、いまでもわかんねえ。もしかしたら、頼りない女を慰めることに、妙な優越感を覚えてたのかもしれないが」

一度きりのはずのあやまちは、ずるずると続き、そのうちにあの、どうしようもなく不幸そうな彼女を、自分ならなんとかできるのでは、そう思ってしまった。

「えと。……好きに、なっちゃった？」

直海は息苦しくなりながら問いかける。誰かを想っていた宮本のことなど、本当は知りたくない。けれども、聞くと言った以上はすべて知らなければならないと思えた。

まっすぐに見つめる直海を、宮本はなぜだか眩しいような、哀しいような目で見た。

「そう思ってたな。……とんだ勘違いだったけどな」

「勘違い、って？」

どういうことだ。いやな嗤《わら》いを浮かべる宮本のすさんだ顔に、直海は胸騒ぎを覚える。青ざめた顔に気づいたのか、宮本は少し表情をゆるめ、おどけた声を出した。

「当時、純情だった俺はな？　秘密の恋愛を守ってるつもりだったわけだ。そのうち相手に離婚してもらって、所帯持ってもいいかなくらいに考えてた」

「相手の女は、違ったのか……？」

直海の声も、ぐっと低くなる。痛ましいような目をした宮本は、直海の歪《ゆが》んだ眉間を軽くつついて、なんでもないことのように言った。

「違ったんじゃねえか。同僚に、俺のセックスがどんだけ強いか、自慢してまわってたらしいからな。エリートの若い男を手玉に取ってたことが、楽しかったんだろう」

「……な、に、それ。なんだ、それっ。最悪じゃん！」

いまはもう過去となった女性への憤りが止められず、直海は思わず立ちあがった。なぜかそれを、宮本は楽しそうに見つめて「座れよ」と腕を叩いてくる。

「噂《うわさ》ってのは音速だぞ。そっからさきの展開はまあ、早かったな」

女友だちにぺろりとその彼女が不倫を漏らしたのがきっかけで、話は上司にまで伝わった。社内恋愛のうえに不倫ときて、宮本は左遷。あげくにはもともと折り合いの悪かった上司とその件で口論になり、うっかり殴って、首になった。

「まあ、女はしたたかだってことだ。俺も若かったし、青かったな」

宮本より五つも年上だった彼女はといえば、宮本が辞めてもしばらく退職しなかった。さすがに上層部から、クビを切る形になったらしいが、離婚もしなかったのだとひとづてに聞いた。

「あいつは、本当に旦那を好きだったらしい。でも裏切られて、だったら裏切り返してやれと思ったんだと。それに……まだ自分が女でいるのかどうか、知りたかったっつってたな」

「そんな、勝手な……」

「でもまあ、別れ話で泣かれてなー。夢みたいだったって。あなたみたいなひとが本気だなんて思っていなくて、でも嬉しかった、だと。じゃあ離婚して俺と結婚するかっつったら、申し訳なくてできない、だ。どうしろっつの」

ふふっと宮本は笑った。目を伏せると、顔だちの端整さとあまさが際だつ。若いころならなおのこと、したたり落ちるような色気があったと睫毛《まつげ》の長さに思う。

「遊ばれたんだか、遊ばれてると思われてたんだか、なんだかよくわかんなかったな。けど、最終的には、もうどうにもならなかった」

直海はあきれていいのか、怒っていいのか、まったくわからなくなった。ただぐるぐると行き場のない、いやな気分だけが身体を渦巻いている。

「……だめだめじゃん、宮本さん……」

「だめだめだよ。だからいま、こんなんなってる」

仕事も失い、後悔まみれで、なにもかも面倒になっていたが、バブルの名残《なごり》もあった時代、大手企業で働きまくっていた宮本には、貯金だけは腐るほどあった。

「この店をはじめたのは――寝物語に、ふたりでなにか店でも持てればいいなんて言っていたせいだ。小説を書いたのは、あいつと別れたあと、なんでもいいから昇華する方法がないかと思っただけで、クソみたいな文章だった」

くだらない未練だろうと笑った宮本に、けれど直海は口を開くことができなかった。沈黙に耐えかねたように、宮本は煙草に火をつける。なにか後悔のようなものが、隣にいる広い肩から伝わってきて、なにも言えない。

「そんなこんなで、親戚中にも噂はいっててな。俺は面汚しだから。爺さんはかわいがってくれたけど、あのひとの葬式、俺のくだらねえ話で満載にするわけにゃ、いかんだろ」

まるで言い訳でもするように、葬式に行かなかった理由を述べて苦笑した彼は、じっと見つめるばかりの直海の目を、決して見ようとはしなかった。

ふと気づけば、もうだいぶ前から視線が絡むことがなかったのだと直海は思い知る。そのことで、自分の恋心はやはり彼に伝わってしまっていることも教えられる。

――つまんないもんだろうがなんだろうが、欲しいと思っちまったら、止まることなんかない。

そう言ってくれた宮本の言葉の裏に、こんな過去があるなんて想像してもいなかった。

「つまんねえ昔語りっつっただろ。呆れていいぞ？　自分でも、あまりにしょうもなくて泣けてくる。しょぼい話だ」

「そんな、こと……」

「まあ、いまにしてみると、不倫ってシチュエーションだの、あのエロい身体にハマってただけかもしれんと思うけどな」

そんなふうに宮本はうそぶくけれど、違うだろうと思った。泣けてくる。そうつぶやいた言葉だけが本音なのだろう。

投げやりなようでいて、ちゃんとあたたかいものを持っているから、この韋駄天にはひとが集う。それは、かつて愛したひとと、ささやかでも見た夢の名残のあまさだろうか。

本当にくだらない過去と振りきっているなら、もしかしたらふたりで切り盛りしたかもしれない店を、どうして宮本は続けているのだ。

「好きなひとに、裏切られたら、痛いよ。そんなの、ひどいよ」

唇を噛み、泣きそうになりながら、それだけを言った。宮本はやさしい——哀しいくらいのやさしい目をして、直海の髪をぐしゃぐしゃと撫でる。

「おまえは、ちゃんとひとつずつ、夢叶えてってんのになあ。……ぐだぐだの俺に比べて、直海は本当にかっこいいと思うよ」

自嘲気味に笑う彼に、どうしてか今まで以上に線を引かれた気がして直海は戸惑う。

「お、俺だって、ぐだぐだ、だよ？　できないこと、いっぱいあって、だめだめで」

「直海は違うだろ。まっすぐで、きれいで、なんにも汚れてない。性格もな、まあちょっと口がすぎるが、かわいいとこもある。ほんとに……いまどき、こんなやついるなんて、俺には信じらんねえと思った」

どうしてだろう。いままでになくストレートに、宮本が誉めてくれているのに、あまい言葉だとすら言えるのに、どんどん彼が遠くなっていく気がする。

「おまえがうちに来て、びいびい泣きながらなついてくれて、まあ変なガキだと思ったけどな。頼られて、楽しかった」

ひどくいやな予感がする。冷や汗が背中を伝って、ぶるりと震えた。

直海は、ずっと知りたいと思っていた。宮本の内側にあるなにか、重たく淀《よど》んだ疵《きず》のようなものを、ちゃんと見せてほしいと願っていた。

でもそれは、パンドラの箱だったんだろうか。開いたらいっせいに、悪いものが飛び出していって、取り返しがつかない力で二度と、直海をよせつけないような、そういうものだったのだろうか。

残る希望は、あるだろうか。それともそんなものはなにもなく、これで最後と決めたから、宮本はこんな話をしたのだろうか。

「宮本さん、あの――」

待ってほしい。まだ自分はここにいたいのに、閉め出されたくないのに。

混乱して、直海がなにを言えばいいのかわからないまま発したあえぐような声は、宮本の言葉にかきけされる。

「つまんない、おっさんの愚痴聞かせて悪かった」

「ち、が……」

「幻滅させちまっただろうなあ。なついてくれてたのに。がっかりしたか？」

そうして頭をぽんぽんと叩かれて、違うと直海は言いたかった。宮本にとってどれだけつまらない『自分』であっても、直海にとっては大事なひとなのだ。

好きなのだと口を開きかけて、しかし一瞬だけ強い視線で咎めた宮本に、拒まれる。

「おまえは俺みたいになるな。頑張れよ。ちゃんと、ものになる役者になるんだろう」

「……俺は！」

ひとことも好きと言えないまま終わらされそうになり、直海は思わず叫ぶ。

「俺は、宮本さんが、なに言ったって、どんなくだらない過去があったって、好きだから！」

まるで喧嘩を売るような、そんな声で訴えた。好きという気持ちひとつ、これがパンドラの箱に残った、最後の希望だ。

けれど宮本は、ついに放ったそれに、まるで表情をなくした顔を向けてきた。

「それは、勘違いだ」

「宮本さん！」

「勘違いだ、直海。俺とおまえくらい歳が離れてりゃあ、おまえの言ってほしそうな言葉なんて、簡単にわかるんだよ」

ぽん、といつもの子ども扱いの仕種《しぐさ》。頭を撫でる手を振り払い、違うとかぶりを振る直海に、宮本は表情をやわらげる。

「おまえみたいに突っ張ってるやつからすると、くたびれてるおっさんは、楽そうだろう？　そういうのはただのポーズだ、じっさいはなんにも、かっこよくなんか、ねえんだよ」

「そんな、つもりは、おれは――」

「なくてもな。こんなオヤジにいいところ見つけられるわきゃ、ねえんだ」

俺はただずるいだけだよなんて、そんな言葉で逃げないでほしいと思う。なのに宮本は、直海の頭を撫でながら、諦めさせようとする。

「出世街道のレールを降りて、俺は楽になった。だらしなく、怠惰に生きようとすれば、どこまでもだらだら生きていけちまうんだ」

おまえはこっちに来るなと、真っ黒な目が言葉でなく告げる。直海は、なにも言えない。

「自由ってのはそういうふうに怖い。そして一度楽を覚えたら、身体と一緒で、立ちあがるには力がいる。しんどいんだ。そのしんどさに立ち向かうだけの体力が……もう、ない」

胸がふるえるほどの歓喜や、尊敬や、才能に対する憧《あこが》れ。

そういうものを持つこと自体が苦しいのだと、宮本は苦い顔で笑った。

「俺は、直海がかわいいよ。だから、俺にはつきあうな」

気がつけば、ぼろぼろ泣いていた。どうあっても近づけようとしてくれない男の腕にしがみつき、直海は訴える。

「そん、なの……あんたと、不倫したオバサンの言い分と、おんなじ、じゃんか」

「オバサン言うなよ、俺の女を」

わざと傷つける言葉を選ばれたって、絶対に離すものかと直海は思う。

「昔の女だろ！　いいじゃん、もうそんなの忘れろよ！　忘れて！」

「おまえが泣く価値なんか、俺にはないよ。それに、あいつといろいろあったから、わかる」

「なにがだよ……っ」

ぼたぼた落ちる涙を、硬い指が拭った。やさしいくせにやさしくない、直海をあまやかしては遠ざける、ずるい手だ。

「弱ってるとこ助けられて、勘違いしてるだけだ。寂しくて、だからすがれる相手が欲しいだけだろう。そんなの、あいつと同じだろ？」

「な……んだよそれ、一緒にすんな、そんなの！」

この期《ご》に及んで、最悪な突き放しをする宮本に、直海は絶望的な気分になる。

「ばかにすんな、そんな理由だけで好きになるんだったら、俺は律を好きになってる！　助けてくれたり、やさしくするだけなら、ほかにだっていっぱい、いるよ！」

大事でやさしい友人。なんだかんだと厳しいけれど、忠告してくれた中垣、わけはわからないけれど、言うことは的を射ている星川。クールな比良方。直海の周囲には、それこそ同じ目線で頼れる連中だって、いくらでもいる。

「でも俺はあんたがいいんじゃん！　わかれそれくらい、ばかっ」

胸ぐらを掴み、泣きながら怒鳴ると、さすがに宮本は困った顔になる。

「……おまえ、ホモじゃねえって最初に言っただろ」

「そんな昔の話、忘れた！　なんだかよくわからないけど、あんたの匂《にお》いで欲情しちゃったりするんだもん、しょうがないだろ！」

恥ずかしいことをわめいてみせても、宮本はやはり動じてくれなかった。

「セックスしたいのと愛情をごっちゃにすんなよ。それじゃあ、昔の俺と同じだろう」

「じゃあ、あんただってその、不倫相手本気で好きだったんだろ！」

叩きつけた言葉に、一瞬だけ宮本は虚を衝かれた顔をした。けれどもすぐ、あの笑みを浮かべて、直海を押しやろうとする。

「やりてえだけなら、やるだけやったら、厭《あ》きるよ。そのあとは、もうカラッカラだ」

どう言葉を尽くそうとも、彼は直海の気持ちも、かつての自分の心も認めない。

するりと逃げようとする宮本の卑怯さと、それ以上に、なにを言うこともできない自分の未熟さがたまらない。このままうやむやにされたら、きっと本気で宮本は逃げる。

（なんでだよ。本気なのに、どうにかして繋《つな》ぎとめたいのに、なんで）

いまここで、なにを言ったところで無駄だ。だったらどうすればいい。こんなことならなにも言わずに、ずっとかわいい弟分の芝居をしていればよかったのだろうか。

（……芝居？）

はたと直海は思いつく。

なんのための役者志望なのか。真剣な想いを受け止めきれないというのなら、いっそ騙《だま》してしまえばいい。ぐっと顔に力を入れて、涙を止める。イメージするのは——そうだ、星川の演じたティターニアがいい。あそこまで毒のある、淫奔な妖婦にはなれなくとも、少しは色気を出せるだろう。

「……じゃあ、厭きるまで、してよ」

「直海？」

深呼吸をひとつ、ふたつ。そしてふたたび顔をあげたとき、直海は濡《ぬ》れた目にとろりとした光を乗せていた。

精一杯の色っぽい表情を造り、腕を取る。筋肉の筋が浮いた部分をするりと撫で、もう片方の手はジーンズに包まれた太腿《ふともも》に乗せた。

「おい……なにしてる」

「宮本さん、男はだめだとは、言わなかったよな。俺のこと、きれいって、言ったよな？」

するすると滑った細い直海の指は、宮本の股間にそっと添えられた。耳が熱くなり、本当は叫びだしたいほど緊張しているけれど、悟られぬように笑ってみせる。ほんの一瞬、宮本の目がこちらに吸いこまれたのがわかって、ぞくぞくするほど嬉しいと思った。

すり寄りながら、そっと撫でた。ぴくりと触れた箇所のすべてが反応し、嫌悪がないことを教えてくれる。

「ね、一回でいいよ。言ったじゃん、宿代、払わせて」

「直海、あのな、ばかな真似は――」

急所を握った手のひらに少し、力をこめる。宮本は小さく唸《うな》って言葉を切った。

「あは、ちょっと勃《た》った」

「……ざけんな、クソガキ」

睨まれて、冷たい目に本当は泣きそうになる。けれどもう、引っこみはつかない。

本気が重いというのなら、受け止めきれないのなら、せめて身体だけでも欲しいと直海は思いつめた。そして宮本は、強引に振りほどいたりはしなかった。

(してくれる、かな)

経験豊富なふりをして誘い、宮本を強引に押し倒してしまえばいい。苦い顔をしたままなのはせつないけれど、その気にさせることができれば、どうにかなるだろう。

膝に乗りあげ、しんなりと身体を絡ませる。顔を近づけると睨む目にすくまされるから、手のひらで瞼《まぶた》を覆って唇を寄せた。

「ん……」

はじめて触れた宮本の唇は、鬚のざらつきもあって、痛かった。いままで幾人かの唇を知っていたけれど、こんなに痛いキスははじめてだと思った。乾いて少し引っかかる唇を舐《な》めてやると、手を置いた宮本の肩にぐっと力がこもるのがわかる。

「ん、んん……っ!?」

ぐるんと目がまわって、なにが起きたのかと思った。気づけばカウンターテーブルのうえに背中が押しつけられ、身体ごと押さえつけられたまま、唇を貪られている。

(うそ。なに、これ)

飄々とした見た目からは考えられないほど、ねっとりとしつこいキスだった。深く唇をこすりつけられ、無精鬚に肌をざらりと撫でられる。

「や、いた……っ」

抗議の声をあげて逃げようとしても無駄だった。押さえこまれて舌を突っこまれ、口蓋の裏、頬の裏の粘膜、歯を、裏も表も全部舐められる。その次には舌を吸い出され、すすり、根本を噛んで固定したまましゃぶりつくされた。

「んー……っ、ん、んむう、うー！」

じゅぶ、じゅる、とすごい音がする。卑猥すぎるそんなキスは知らなくて、押さえつける大きな身体が怖くてしかたなくて、直海は必死に腕を突っ張った。それでも身体は離れず、拳《こぶし》で肩を打ちつけると、宮本がくっと嗤った。

「……なんだよ、やりてえんだろ。お望みどおり突っこんでやる」

歯でしごくようにして、舌が抜き取られた。やっと唇が解放されたと思ったらそんなことを言われ、直海は唇のまわりを唾液《だえき》でべたべたにしたまま凍りつく。

「おまえがそんなドスケベだって知ってたなら、さっさとやらしてもらうんだったな」

「ち……っ、ちが」

「ほら、さっさと脱げ。てめえで誘ったんだから、そんくらいできんだろ」

いきなり、足の間を握られた。潰すかのような力をくわえられ、首に噛みつかれて、本当に怖くて。

「や……やだ、や、やだあ！」

叫んで、宮本の頬を張り飛ばしたあと、直海は飛びすさって部屋の隅に逃げる。いつの間にかシャツのボタンもはずされていた。

真冬の空気に肌をさらされただけではなく、がたがたと震える直海に、宮本はため息をついて、言った。

「ヘボ役者」

「……っ!?」

泣き濡れた目で見あげると、宮本はあきれまじりの苦笑を浮かべていた。その目にはさっきのあの、喰《く》い殺しそうな色などどこにもなく、まんまと引っかかったのだと教えられる。

「なんだよ。強姦魔の役なら俺のほうがうまいんじゃねえのか。つーかおまえ、娼婦の役やるってんならな、ああまで必死な目すんな。バレバレだ」

あほ、と笑って無精鬚の顎《あご》をさする宮本に、張りつめていたものがぷつんと切れる。直海はもう表情もつくれないまま、顔をくしゃくしゃに歪めた。

「ひ、ど……」

「ひどくねえよ。ほら、立て。大人相手にいたずらすっからこうなる」

「ひどいー……宮本さん、ひでえよ……っ」

へたりこんでいた腕を摑まれ、抱え起こされた。ひっひっとしゃくりあげればあきれ顔をしたけれど、しかたなさそうに吐息して、宮本は抱擁を返してくれた。

「ああ、悪かった悪かった。おっさんがいじめすぎた」

「それ、じゃない……っ」

じゃあなんだ、と困ったように笑って背中を叩く、大きな手。

「俺、ほんとに、好きなのに、ひどい……」

「直海……」

「信じてくんない。嘘じゃないのに、ほんとに、ほんとにす、すき、なのに……っ」

もうそこからさきは、声にならなかった。ただ大きな身体にしがみついて、声をあげて泣くしかできない。

「おまえは、ほんとにばかだなあ」

嗚咽《おえつ》する身体を抱きしめたまま、宮本は静かに言った。

「俺なんか好きになって、ほんとに、ばかだ」

シャツがぐっしょりになるまで泣き続けていたせいで、どんな顔で、どんなつもりでその言葉を告げたのか、直海にはまるでわからなかった。

目を覚ますと、いつの間にかあのなつかしい部屋に寝かされていた。子どものように拳で目をこすり、腫《は》れぼったい瞼をぼんやりとまばたきさせる。

部屋には、宮本の姿はなかった。時計を見ればすでに午後をまわっていて、階下からはひとの声がした。

（定食、今日は出すのかな）

のそのそと起きあがり、腹が減ったと暢気《のんき》なことを思う。心が破れたかと思うほど泣いたのに、身体のほうは泣き疲れてエネルギーを消耗してしまったようだ。

「なんか、ごはん、もらおう……」

階下から聞こえる声からして、中垣もいるらしい。もうこの春には卒業となり、すでに就職さきでの研修もこなしたらしいのに、春休みいっぱいまでは店を手伝うらしい。

宮本とふたりでは気まずいが、ある意味あの仏頂面がいてくれたほうがマシかもしれない。どこか思考停止した状態なのはわかっていたが、完璧にふられて、もう望みもなにもない。これからどうすればいいのかなど、なにもわからないまま直海が階段を下りようとすると、店の電話が鳴り響いた。

「はい、韋駄天」

中垣の無駄によくとおる声が聞こえた。ふだんは無愛想なくせに、電話のときだけは声のトーンがあがるのは、すでにはじまっている社員研修のたまものだろうかと、直海がぼんやり考えていれば、聞き捨てならない言葉が聞こえた。

「はあ？　宮本さん？　あんた、なにやってんすか⁉　じ、時間ないって、なんで？」

はっとして、直海は階段を駆けおりる。勢い余って転びそうになりながら店に飛びこむと、フライパンを片手にしたまま、引きつった顔をする中垣がいた。

「……は？　出かけるってどこに⁉　よろしくってあんたちょっと……もしもし⁉」

呆然としたまま、どうやら通話が切れたらしい電話を中垣はじっと眺めている。なにがなんだかわからないけれど、なにか最悪なことをあの男が言ったのはわかった。

「どっか、いった？」

「……湯田」

かすれた声を発すると、中垣がはっと息を呑んで振り返る。

「まさかとは、思うけど。あのひと、どっか行った？」

「いま、成田だと。……俺を睨むなよ」

いやそうに顔を歪めた中垣へと大股に近寄り、直海は襟首を摑んで揺さぶりをかける。

「成田？　成田って成田空港⁉　それでどこに行ったって⁉」

「だから、わかんねえよ！　バルチ——なんとかっつって、そのあとは切れた」

「切れたってなんでだよ、切るなよ！」

がくがくと中垣を揺さぶると「だから俺が切ったんじゃねえよ！」と彼も怒鳴り返す。

「公衆電話からで、金額足りなかったのか知らんが、途中で話が切れたんだ！」

「な……」

よりによって、なんて間抜けなと直海は顔を覆った。

宮本が放浪しはじめると捕まらない最大の理由は、携帯電話を持っていないことにある。

というより、あれは故意に持とうとしないのだ。

「店どうすんだよ。いままで予告なしの放浪は、せいぜい国内だったのに……」

俺は春休みまでしかどうにもならんぞと、中垣は呻いた。直海もまた青ざめ、震えていたが、彼と理由はまったく異なる。

（そうまでして、逃げるのか。そこまで俺に失望させたいのかよ）

直海は、信じられないほど激しく憤っていた。あのままなかったことにするつもりだろうことは想像がついたが、ここまで大規模な逃亡を計られては、もはや傷心に浸れもしない。

「……あきらめて、やんねえからな、ちくしょう……っ」

どうせそのうち戻ってくるに違いない。それまで、忘れもせず、気持ちを薄れさせもせず、絶対に待ち続けていてやる。ワークショップで演じたヘレナそのもののように、しつこく鬱陶しく、相手の迷惑など顧みずに、好きで居続けてやる。

「ふざっけんじゃねえ、あの、ばか……っ！」

爛々《らんらん》と目を輝かせて歯ぎしりした直海の形相《ぎょうそう》に、中垣も、そして店の客も、引きつりながら肩をすくめていた。

＊　＊　＊

宮本の高飛びを聞きつけた寺脇から、直海のもとに連絡が入ったのは、その日の夜だった。話を聞きたいから、バイトさきのジャズバーまで訪ねて行くと言われ、直海も承諾した。

「押しかけてきてごめんね」

「いえ……俺も、話したかったし」

顔色の悪さを見かねていたバーの店長が、『知りあいが来ているなら』と少し早めにあがらせてくれた。場所を移動するにももどかしく、店内の奥にあるテーブル席でふたりは向きあう。

「まさか、店まで放り出して海外に行くとは思わなかったよ。なんだかんだ、ここしばらくは落ち着いてたから」

寺脇は渋い顔で頭を抱える。その顔はひどく疲れていて、直海はそういえば昨日は葬儀があったのではないか、と気がついた。

「あの。センセイ疲れてない？　昨日、お葬式だったんだよね？」

ご愁傷さまですと告げると、寺脇が驚いた顔をする。

「知ってるの？　どうして？」

「あ、えっと……じつは、昨日、センセイがいるとこに俺、来たんだ。で、ざっとだけど……昔の話、聞いた」

立ち聞きしてしまったことを詫びると、寺脇はますます目をまるくする。

「そう、話したの。……そうか」

なにかを考えこむように、寺脇は沈黙した。不安に駆られ、直海は問いかける。

「あ、あの。前もしょっちゅう出かけたっていうけど、平気、だよね？　すぐ帰ってくる、よね？」

けれど、戻ってきた答えは直海の気持ちを重くするだけだった。

「わからない。前は最長で半年、行方《ゆくえ》くらましたこともある」

そんな、と眉をひそめると、寺脇は逆に問いかけてきた。

「なあ、昨夜ハジメと話したんだろう。なにか前兆はなかったかなあ？　今日いきなり飛び出してったの、爺さんの葬式が引き金にしちゃ、おかしいんだ」

「前兆、っていうか……」

まさか自分が元凶だとは言えない直海が言葉を濁すと、寺脇は深々とため息をついた。

「もう、放浪癖はあらたまったと思ってたんだよ。きみがいるから」

「え、なんで俺……」

まさかと否定したが、あれは必要以上に情の濃い男だからと、寺脇は言う。

「昔の話、聞いたっていうなら、昔の彼女のことも聞いたよね？」

問いかけられ、直海はこくりとうなずく。やっぱりね、と苦笑して、寺脇は続けた。

「また誰かに深入りして失敗するのが怖いんだ。だけど、きみのことは自分で拾ってきていたし、脈ありだろうと思ったんだけど」

「脈ありって……」

「だって直海くんは、ハジメを好きだろう？　あいつも、なんだかんだきみのことは、かわいがってたから。いままでになく、あまやかしてたしね」

「センセイ、俺、おとこだよ……？」

驚くあまり、あどけないような声と表情になった直海に、「そんなことはどうでもいいよ」と寺脇は肩をすくめ、なぜかにやりと笑う。

「正直、人間でなくたっていいんだ。あいつがなにか、執着できるものを持てば。だからペットも勧めた。生き物を飼えば、さすがに放り出しはしないだろうと思ってたからね」

しかし結果は、寺脇どうぶつ病院のケージが埋まっていくばかり。ここ数年は中垣の進言もあって、さすがにペットはやめさせたのだそうだ。

「この程度ではやっぱり無理かとあきらめかけてきたとこで、あいつがきみを拾ってきた。この一年、ハジメは見たことないくらい、落ち着いてたよ。うまく行ってくれれば、俺はそれでよかった」

親戚に男同士の恋愛についてばれていいのだろうかと案じたが、ここまで来たらもうごまかしようもない。直海はうつむき、震える声で告白した。

「でも、おれ、ふられたよ。勘違いだって。俺なんか好きになって、ばかだって、……っ」

くしゃりと顔を歪めると、昨晩からゆるみっぱなしの涙腺が疼く。けれど直海はそれをこらえた。つまらないこだわりかもしれないけれど、泣くのは宮本の前だけだと言ってしまった。だから、ほかの誰にも涙は見せたくない。

ぐっと顔をこわばらせる直海を見つめ、微苦笑を浮かべた寺脇は言う。

「あいつはあきらめてしまったからね」

あきらめることも、あきらめずにいることも、同じほどに痛ましいと寺脇の目はそう語っている。そして、直海に「でもそれも真理だよ」と言った。

「俺はあいつの力になってやりたいとは思う。でも百パーセント擁護することはしない。だらしない生き方をしてるのは事実だし、悪い面も山ほどある。だから、若い直海くんが、あんなややこしいのを相手にするのはどうなんだろうって、思う」

「あきらめるな、つったの、センセイじゃん」

どっちなんだと睨むと、どっちも本音だと寺脇は複雑な笑みを浮かべた。

「あのね。ハジメからどこまで聞いたか、訊いてもいいかな」

「昔の話？　不倫、してたって。それで、会社クビになったたって」

直海が顔をしかめながらぽつぽつと、かいつまんで話せば、寺脇はうんざりと言った。

「……やっぱりか。肝心の話をしてないな、あいつは」

「え……？」

「辞めた理由。不倫はまあ引き金だけど、それだけじゃないんだ」

直海が目をまるくすると、いやな話だけど、と前置きして、寺脇は口を開いた。

「宮本の彼女だった女性は経理担当で、使いこみもしてた。さして大きな額じゃないけど」

「え……」

「ストレスの鬱憤《うっぷん》晴らし、だったらしいよ。旦那さんが浮気して云々《うんぬん》もあったけど、実際には彼女自身が仕事のうえで認められないっていうのも大きかったみたいだ」

まさか宮本は、それを庇《かば》いでもしたのだろうか。青ざめていると、寺脇は心を読んだように「違うよ」と言った。

「ハジメはね、それをやめさせようとしたんだ。それで、彼女を説得した。でも彼女は放っておいてほしくて、もめて……その仕返しに、自分との不倫話をばらまいたんだ」

それでは聞いた話と、まるでニュアンスが違う。驚いていると、寺脇は苦々しげに言った。

「結果、あいつは追いこまれたけど、それでも仕事は仕事としてやろうとした。でも、彼女の件をなんとかしようといろいろ調べているうちに、どうして彼女の使いこみがばれなかったのかをつきとめた。……経理部自体が、ザルだったんだ」

ずさんな管理状況下で経費をごまかしていたのは、彼女ひとりではなかった。誰も彼もがほんの少しずつの着服をし、いいかげん極まりない状態であったのだという。そんな状態では当然、ミスも頻発し、クレームもかなりの件数になっていた。

「そんなんって、あり？　会社ってもっと、ちゃんとしてないとだめなんじゃ、ねえの？」

「あの当時は、まだバブルの名残が色濃くてね。会社ってものの金回りも、いまとは比べられないくらい、よかったんだよ。だから小さな孔《あな》は見過ごされた。でもハジメは、これじゃまずいとうえに訴えたんだ」

「それで、ちゃんと不正は追及された、んだよな？」

寺脇の暗い語り口に、直海はいやな予感を覚えつつ問いかける。しかし続いた言葉は、その表情に違《たが》わないものだった。

「ハジメの言葉は誰にも届かなかった。あげく、不倫騒動のあとだっただけに、あいつの心証は上層部にすこぶる悪かった」

そのことも災いしたのだと、寺脇は疲れた声で言った。

会議の場で、経理部の不正を取りあげた宮本に対し、その場にいた面々はこう言って笑ったそうだ。

――女にふられたからって、そこまで執拗《しつよう》にするってのもさあ。

——まあ、一応は受理するよ。そうすれば、きみの気はすむかい？

嘲笑を浮かべ、善処すると言われたけれど、結果彼が辞職するまで、状況はなにも変わらなかった。くさいものには蓋《ふた》をせよと、宮本ひとりを切って終わり、彼の提出した改善案はおそらく、当時の上司の引き出しの奥で腐っているだろうと言われ、直海は震えた。

「……なんで？　間違ってるのに、証拠があるのに、なんでちゃんとしないんだよ？」

直海は、そのときの宮本の悔しさを思うとたまらない気持ちになる。寺脇も同じだったのだろうけど、過去を語る彼はあくまで淡々とした声を発した。

「それぞれが個々の業務で忙しく、少額の不正をいま暴いたところで、わずらわしいだけで利益はない。……要するにね、会社はそんなことは、『面倒くさかった』んだよ」

「でも、でもさ。そりゃ、不倫とか、たしかに悪いよ。けど、ただの恋愛じゃんか。個人的な話じゃないか。なのに……なんで？　不正って、着服って泥棒だろ、犯罪だろ⁉」

「そう。でも犯罪だなんて意識のない連中にとって、ゴシップのネタになったハジメのほうが、『悪』だったんだよ。……組織にはよくあるけれどね。小学校のいじめと、レベルはまったく同じ」

寺脇の怒りを押し殺した声に、彼もまた、いまでもそれを許せないのだと知れた。

——社会に出ると、うえからしたまで無尽蔵に雑多で、いろんなやつが集まってくる。

あのとき、静かに言った宮本は、なにを思いだしていたのだろうか。

「彼女に裏切られて、それでもハジメは、あの件を正すことで、自分なりのけじめをつけたかったんだと思う」

根はまじめなやつだったからと、寺脇は痛ましげに言った。

「立ち直ろうとしているときっていうのは、不安定でもろいんだ。たぶん、とどめを刺されちまったんだろうと思うよ」

「そんな……そんなの、ねえじゃん」

誰も彼もが保身に走ったせいで、宮本ひとりが切られて終わった。もう誰も彼もを信じられず、荒れていたという彼を見守ってきた寺脇に、直海は叫ぶ。

「そんなのやりきれねえよ、やってらんねえよ！」

「うん。だから、ああなっちゃったんだよね、ハジメは」

直海の怒りを、どこかほっとしたように寺脇は受けとめる。彼もきっと同じほどに怒りを覚えていて、けれど大人だからもう、声を張りあげることもできないのだろうか。

そして一連の話を聞いて、やっと腑《ふ》に落ちたことがある。

——小説を書いたのは、あいつと別れたあと、なんでもいいから昇華する方法がないかと思っただけで、クソみたいな文章だった。

宮本のあの言葉に、直海は少しだけ違和感を覚えていた。小説本体は読んだことがないけれど、走り書きされた断片的な文章は、およそ私小説的な色恋をテーマにする小説を書く男が綴《つづ》るものには思えなかったのだ。

もっと乾いた憤りのようなものがほとばしった一文は、苦しげだった。意味もわからない、忘れたと彼は言ったけれど——本当に忘れるために書いたのだろうか。

忘れきれないからこそ、ああして捨てられないまま、日焼けした書架に置き去りにされているのではないか。そう思うと、胸が軋《きし》んでつらかった。

「なんでそんなずるい連中がのうのうとやってて、あのひとだけ……っ」

悔しいと歯がみする直海を、あたたかい目で見つめて寺脇は微笑んだ。

「でも俺は絶対に、そういうだらしなさや因果ってのは、めぐるものだと思ってるんだ」

「なんだよ因果って……だって、そんなの」

精神論や信仰的な『罰《ばち》』など信じても救いにもならないじゃないか。寺脇が悪いわけではないのに、思わず睨むような目で見つめると、彼は「違うよ」と苦笑した。

「俺が言いたいのは、怠惰さや愚かさには結果が絶対についてくるものだってこと。直海くんは、法学部だったよな。『ハインリッヒの法則』って知ってる？」

「あ、うん。大学で、賠償制度についての講義の途中で、ちょっとかじった」

１９２９年、アメリカの損害保険会社の技師だったハインリッヒが、労働災害の事例を統計して分析し、導き出した法則で、ほかに『１：29：３００の法則』、『傷害ピラミッド』とも呼ばれる。

ひとつの大災害の前には、軽傷程度の災害が二十九、ほぼ実害のない異状が三百存在する。というそれは、ビジネスにおける失敗発生率としても活用されている。

だが、それがどうしたというのだろう。直海は話が見えずに眉をひそめた。寺脇は少し乾いた声で、静かに告げる。

「おそらく、ハジメが追及しようとしていたことは、三百の無傷災害じゃなく、すでに二十九の軽傷災害にあたる部分だったんだと思う。あの時点でちゃんと正すことができていれば、どうにかなったかもしれないけれどね」

「え……？」

もしかして、と直海は目を瞠った。寺脇はうなずいてみせる。

「ハジメを鬱陶しがった会社は、不況のあおりで外資系に吸収合併されてね。その二年後に、もともとの社員たちは一斉に傍系会社に押しこめられたあと、粉飾決算の責任を取った業務停止による一斉解雇。つまり、親会社本体の膿《うみ》まで全部押しこめて、蜥蜴《とかげ》の尻尾《しっぽ》切りにあった。そしてハジメを結果的に陥れた女性についても、すでに離婚が成立している。こっちは、彼女自身がこの店まで押しかけてきて愁嘆場を演じてくれたから、間違いない」

因果だろう？　と寺脇が笑う。ずいぶんひとの悪いそれに、直海は少し呆気《あっけ》にとられた。

実際、ほんの少しだけ胸がすいたのは否めない。けれど宮本は、どうだったのだろう。

「愁嘆場、って、そのとき宮本さん、どうしたの」

「うんまあ、ハジメはひとがいいから、ただ黙ってたけど、俺が我慢できなくて、叩き出しちゃった。さすがに殴りはしなかったけど、恥知らずって罵っちゃったかなー」

あははと笑う寺脇に、穏和そうに見えて本当はいちばん怒らせると怖いのは、この男なんじゃないかと直海は息を呑む。上目づかいでじっと見ていると、寺脇は息をついた。

「そんなわけでね。あいつの人間不信と厭世観《えんせいかん》は根深いよ」

「……うん」

「復讐、っていうか。相手が痛い目にあったから気が済む、っていうようなタイプでもない。むしろ、哀しいと思ってむなしくなるような、そういう性格だ」

「うん、わかる。……宮本さん、やさしいから。タチ悪いけど」

ようやく見えた全容に、たしかにそこまでのことがあれば、おいそれと他人を内側に入れる気はなくなるだろうことが理解できた。そしてますます直海は、どうすればいいだろうかと思う。

「そんなタチ悪くて面倒くさい男だけどさあ。頑張れる？　直海くん」

「ていうか、俺しつこいし、まだ好きって気づいたばっかだから、あきらめらんない」

問われて、まっすぐに寺脇を見つめたまま告げると「いいなあ」と彼は微笑んだ。

「正直、さっきも言ったけど直海くんとのことについては気分的に複雑、かな。でも、つきあいの長さのぶん、ちょっとばかりハジメのかわりに言わせてもらえるなら」

居住まいを正し、寺脇は「頼む」と頭をさげた。

「待っててやってくれ」

「ちょ、センセ……やめてよ」

あわてて腰を浮かすけれど、寺脇は真剣な声でなおも言った。

「ハジメも嬉しいはずなんだ。あいつのなくしたものを、全部持ってる直海くんに、あいつはきっと、救いを求めてる」

「……全部？」

「そう。若さ、気力、根性、夢、きれいな心……そういうのをいい歳して持っていると、とてつもなく恥ずかしいうえに、生きていくのがつらくなるモノ」

でもとても、大事なものだ。真摯な顔で告げる寺脇に、直海は少しだけ笑う。

「あのひとも、そういうの、どっかに隠したまんまだろう？」

「はは、正解。だからいたたまれなくなって、逃げるんだ。なつかしい、やさしい気持ちで振り返るには、ハジメはガキすぎる」

言えてる、と今度ははっきり笑って、直海はうなずいた。

「あのね、俺がそういうの、持ってるかわかんないけど。でも、頼まれるまでもないよ」

「待っててやれる？」

どこか不安そうに問う寺脇の言葉は、「裏切らないでいてくれるか」と響いた。直海はもう一度うなずき、はっきりと告げる。

「とりあえず、俺のなかで芝居と宮本さんって、同じ棚に入ってる。……この言いかたで、わかってくれる？」

寺脇は、とても嬉しそうに目を細め、言った。

「そりゃ、鉄板だ」

＊　＊　＊

宮本の不在中、中垣は店長代理をつとめることとなった。

――手伝いを捜すから、しばらくは店を維持してくれ。

寺脇と直海がふたりして頭をさげ頼みこむと、「あのオヤジはなにを考えているんだ」と頭を抱えていた彼も、結局はうなずいてくれた。

そして直海が白羽の矢を立てたのが律だ。信頼できて、あまり金にうるさくはなく、ひとのいい友人以外に今回の件を頼める者はいなかった。

本当は自分こそがあの店を手伝ってやりたくはあった。しかし、生活費を稼ぐジャズバーのアルバイトを休むわけにもいかず、またトライアルプレイの稽古もある。

――きみは、きみのやらなきゃいけないことをやりなさい。ハジメがいたら、そう言うはずだよ。

寺脇にも諭され悩んだあげく、手伝いはあきらめた。目の前のことをクリアもできず半端にしている状態では、きっと帰ってきた宮本はさらに直海を拒むだろうことはわかっていた。

――おまえは俺みたいになるな。頑張れよ。ちゃんと、ものになる役者になるんだろう。

こんなところでつまらないヤツに関わっている暇はないだろうと、あの夜宮本は暗に告げていた。これで直海が宮本のことで芝居をおろそかにしたら、今度こそ逃げられる。

「俺になんか関わるから、そうなるんだ」――いかにもあの逃げ腰の男が口にしそうな言い訳を、絶対に言わせない。そのためにも、いままで以上に芝居に打ちこむのだと決めた。

(帰ってきたら、絶対、ひっぱたいて文句言ってやる)

明日か、来週か、来月か。まさか来年ということはないだろう。

そう思いながら、とにかく直海は耐えていたけれど――年が明けても、宮本からは電話の一本もないままだった。


そして、ついには春になり、トライアルプレイの本番も近づいたころ。

中垣へと帰国の連絡があったことを、直海は知らされた。

＊　＊　＊

宮本の帰国する日、直海は店の前に昼間から立っていた。

『ずいぶん遠いとこ行ってたみたいで、飛行機も不安定だし、何時に戻ってくるか、はっきりしねえぞ？　へたすると、日程ずれる可能性もある』

中垣は電話でそう言ったけれど、戻ってくるなら待てる。バイトも稽古も休んで、春の陽気を浴びながら、直海はひたすら立ち続けた。

宮本はどうやら、中垣の卒業ぎりぎりまでをモラトリアムと決めていたようだ。いいかげんなようで案外計算しているあたりがいやらしいと腹がたった。

どうして中垣には電話して、直海には連絡をくれないのかと少し哀しくもなったが、それ以上に心が騒いだ。

(何時かな。いつ、帰ってくるかな)

そわそわしながら、じっと店の前で待ちかまえる直海を、道ゆくひとたちが不審そうに眺める。けれどそんなことはかまっていられなかった。

あの声が聴ける。顔が見られる。それだけで、どうでもよかった。

そして、待ち続けて二時間ほどが経過したころ。

遠目でもわかる、背の高い、少し猫背の立ち姿が、道の向こうに見えた。

「あれ……直海？」

驚いたような声が、以前より明るく響く。直海はまばたきも忘れ、記憶にあるより髪が伸び、日に焼けて精悍さを増した男の顔を、じっと見つめた。

もう一度会えたらどんな顔をしたらいいのか、まったくわからなかった。それでもただ会いたいと、必死に願うだけの日々だった。

（……動いてる）

歩いて、近づいてくる。長い腕が揺れて、足音がする。そんなあたりまえのことにすら感動を覚えるくらい、宮本に飢えていた。

「なにやってんだ、おまえ」

「……っ」

ぶあ、と涙が出た。嬉しいのと、哀しいのと、腹立たしいのといとおしいのと、全部がごっちゃになった、そんな涙だった。

おおよそ三ヶ月の宮本の不在は、直海のなかにあったあらゆる感情をせき止めていた。それがいま一気に押し寄せて、溢れて――止まらなくなる。

睨むように目を見開いたまま、ぼたぼたと涙を落とす直海に、宮本は笑顔を向けてきた。

「直海？　ただいま。おかえりは？　言ってくんねえの？」

「っあ……う」

それはかつての、あのあいまいな笑顔ではない。嬉しそうに、なにかを吹っ切ったかのような明るい表情に、ごちゃまぜだった感情のなかで、もっとも激しいものが噴きだした。

「お……おかえり、なんて、言うか……っ」

放り投げるように置き去りにしたくせに、どうして自分だけそんな晴れ晴れとしているのか。たまらなくて、考えるよりさきに拳が出た。

「よくも、こんな、ほったらかしやがって——!!」

「……って!」

数ヶ月ぶりに現れた男に向かったそれは、よけようともしないままの頬に受けとめられる。思いきり頬に入ったけれど、泣いて震えていたからたいした力は入らなかっただろう。

「おお、いってえ。時差ぼけの目も醒《さ》めるような歓迎だな」

「ふざ、ふざっけんな、ふざけ……っ」

どうして直海ばっかりこんなに泣く羽目になるのだ。はあはあと息を切らし、止まらない涙を拭いもしないで、直海はいま男を殴った手をもう片方の手で握りしめる。

「ごめんな。ずっと泣いてたか」

「泣いて、ね……いま、やっと、さん、さんかげつ、ぶり」

洟《はな》をすすると、ずび、と音がする。なんでこんなみっともない顔を好きな男に見せなきゃいけないのかさっぱりわからない。もういやだ、帰る。わめき散らして逃げようとしたら、

腕を掴まれた。

「おまえ、どんだけ待ってたんだ。鼻の頭赤いぞ。春ったって、日焼けすんだろ」

「じらだい……」

「ばか。店に入れ」

鼻がつまって、情けないにもほどがある声になった。殴られた男は声をあげて笑い、まるで抱きしめるようにして、数ヶ月ぶりの我が家へと直海を引きずっていった。

「……どこ、行ってたの」

「バルチスタン」

ティッシュを差し出され、思いきり鼻をかむ。

「どこの国だよ、それ」

「パキスタン」

単語で答えるなと丸めたティッシュを投げてやると、やっとまともな答えがあった。

「パキスタン南西部のバルチスタン州。アフガニスタンとの隣にある場所」

もう一度引き出したティッシュで鼻をかむ。気持ちは落ち着いたはずなのにさっきからちっとも涙が止まらなくて、もしかしたら花粉症じゃなかろうかと疑いを持った。

(違うか。俺、どっか壊れてんだな)

ひとが心配していたのにと、あまりに暢気な宮本に腹がたつ。結局あの告白をなかったこ

とにされたのかと思えば、哀しかった。それでも帰ってきたことが嬉しくてたまらない。

「んな、マイナーなとこでなにしてたんだよ」

やっと止まりかけた鼻水をくすんとすすると、宮本は三ヶ月、山に登ってぼんやり考えていたのだと答えた。

「考えるって、なにを」

「いろいろ俗世の煩悩《ぼんのう》を捨てようと思ってたんだが。……でも、だめだなあ。ピグミージェルボアを見たら帰りたくなった」

「なに、それ」

「写真見るか、かわいいぞ?」

いそいそと取りだした写真では、草原に、ぴょこりとつぶらな目をしたピグミージェルボアがいる。これを撮るのに何ヶ月もかかったと自慢げに言われて、少し呆れた。

「孝ちゃんなら知ってるだろうが、ペットとして日本でもけっこう人気があるんだよ。和名はコミミトビネズミっつーんだけど」

バルチスタンに生息するこの小動物は、体長は四センチ程度しかなく、後ろ足が長く前足は短い。身体はまるっこいが尻尾が長く、全体にマンガのキャラクターのようなかわいらしい動物だ。

「……かわいいけど、なんでこれで、帰ろうと思うわけ」

「このちっちゃいのがな、歩くんじゃなくて、ぴこぴこ飛んでんだよ。健気に。餌《えさ》やるとまあ、もりもり食って」

「だから！　なんでこのネズミが、帰国の動機に――」

ふざけた言いざまに直海が食ってかかろうとすると、ぽつりと静かな声が降ってくる。

「似てんだろ」

なにがだと写真から顔をあげると、宮本はじっと直海を見ていた。

「小さいくせに元気で、健気で、食い意地張ってる」

頭に、なつかしい感触を覚えた。大きな手のひら。記憶よりずっと、ごつごつしている。

「ち……ちっちゃく、ない。かわいくも、ないし」

「俺から見りゃ、小さいし、かわいい」

あの夜はぐらかした全部を、いきなりまとめて返された。どうしていいのかわからないまま じっと見つめると、さきほど殴ったあとが赤くなっているのがわかる。

なにか許容量を超えた事態が起きたのだとわかって、直海は無表情に言い放った。

「……帰る」

「は？　おい、直海……直海!?」

おい、と呼び止める声もきかず、すたすたと歩いて店を出る。電気もつけない店内にいたせいか、外の眩しさに目がきかなかった。

感情に収拾がつかない。目的もなく急ぎ足で歩いていた直海を、驚いたことに宮本は追いかけてくる。

「なんだ直海、ちょっと待て！　ていうかどっち行くんだ、駅そっちじゃねえだろ！」

腕を取られ、ぐいと振り向かされると、宮本は一瞬驚いたあと、眉をさげて笑った。

「……そんな顔で外を歩くな」

指摘されてはじめて直海は気づく。視界がきかないのは明るさのせいではなく、またぼろぼろと落ちた涙のせいだった。

「おまえ、そんなに俺が好きか」

「す……」

複雑そうな笑顔のまま問われて、知ったことかと言いたかった。しかし口からこぼれたのは、しゃっくりのまじった情けない声だけだ。

「すき、て、いっ……いってる、し、も……」

「うん？」

「うー……っ！」

なじりたいのに、腹がたつのに、こぼれるのは涙とうめき声ばかりで、往来でいったいなにをと思っても、もはや止まらない。

「……わかったから、帰ろうな」

今度は腕を引っぱられ、もう一度店のなかに連れ戻される。逃げないようにということか、宮本はしっかり引き戸を施錠した。壊れっぱなしの涙腺のバルブはもうどうしようもなくて、棒立ちになったままの直海の顔に、焼けた手のひらが押し当てられる。

「ほんとになあ。こんなつまらんおっさんのどこがいいんだ」

苦笑して問う宮本に、ひっくと喉をひきつらせ、直海は答える。

「つ、つまらないもんでも、夢中になることがあるって言ったの、あんたじゃないか」

「……こんだけほったらかして、まだ言うのか？」

深々とため息をつかれて、迷惑だったのかと哀しくなる。

「めっ、迷惑かも、だけど。もう言わないし、二度と、態度にも出さないように、する。え、えっちしてとかも、もちろん、言わない」

「……言わないのか？」

「言わないけど、も……もお、どこも、いか、いかないで……っ。俺、宮本さん、いないと、やだよ。ぜんぜん、なんか、空気薄いみたい、で」

虚勢を張ることもできない。溢れるのは宮本へと泣きすがるような言葉ばかりで、言ってるそばからこれかと自分で呆れる。

「和田さんには、痩《や》せすぎたって、怒られるし。……ちゃんと、したけど。してたけど！　でも、メシ食えって、あんた言ってくんないから！」

「うん」

「俺のこと、あまやかしてくれんの、あんた、だけなんだも……っ」

「わかったから、もう泣くな。きれいな顔が、ぼろぼろだろうが」

まるで子どものように泣きだした直海を、宮本が抱きしめる。痛いくらいに捕まえて、深く息をついたあとに、ぼやくような声が聞こえた。

「……まったく。俺はもう、気力がない中年なんだぞ」

今度裏切られたら立ち直れないんだからな、ちゃんと責任を取れ。

そんな言葉が聞こえた気がしたけれど、直海はもう聞き返すことができなかった。

三ヶ月前の夜よりずっと、あまく激しい唇が、お互いのそれをふさいでいたから。


長くて濃い、宮本以外にはできないようなキスのあとに、ぼんやりしていた直海は「顔を洗え」と言われた。

「ぐっちゃぐちゃだ。ついでに風呂も入っちまえ。俺も入るし。さすがに長旅で埃《ほこり》っぽい」

あちらではろくに湯船に浸かれなかったという宮本に促され、直海がさきにシャワーを浴びたあと、入れ違いで彼は浴室に消えた。

着替えのたぐいなど当然ないので、宮本のスウェットを借りたものの、当然ぶかぶかだ。

冷たいものでも飲んでいろと言われ、宮本の部屋で待つように指示されたとおり、ぺたんと畳に座って待っているうちに、徐々に正気が戻ってくる。

(ていうか……なんでこんなことになってんだろ)

待って待って待ち続けて、顔を見たとたん、ぶつんとなにかが切れてしまった。

殴って、泣いてわめいて、キスをされて——しかしなぜ風呂あがり、直海は宮本の部屋にいるのか、はっきりいってよくわからない。

「あれって……宮本さん、俺のこと、好き？　ってこと？」

「誰に訊いてんだよ」

ひとりごとに返事をされて、直海は飛びあがるほどに驚く。そしてあわてて振り向いたあと、さらにぎょっとする羽目になった。

「な、な、なにそのカッコ！」

「風呂場に着替え持ってってなかったんだ。いまさらびびるなよ」

焼けた肌をさらした宮本は、バスタオルを腰に巻いたままで髪を拭いている。あわてて目を逸らすけれど、目に入った引き締まった身体に眩暈《めまい》がした。

同居していたとき、生活時間があまり嚙みあわなかったせいで、こんな姿を見たことはろくにない。おまけに違和感を覚えるのは、半裸だからという理由ばかりではなかった。

「ひ、鬚、剃ったのか」

「ああ。痛いだろ」

誰が、なにがとは訊けなかった。はじめてキスした日にも痛いと逃げた記憶はあるし、さっきも拒みこそしなかったが、ざらざらするそれに顔をしかめたのは覚えている。

「……でこまで赤いぞ、直海」

指摘されても、もう言葉が返せない。おまけに着替えがないからと言ったくせして、宮本はちっとも服を着ようとしない。

「で、誰に訊いてたんだ、さっきは」

「だ、誰でも、な……」

身体ごと向けて逃げたのに、背後からぬっと褐色の腕が伸びてきた。びくりとしてさらに逃げを打てば追いつめられ、身体の両脇《りょうわき》にある腕が壁に縫い止めるように直海を囲いこむ。

「な、なんで？」

「なにが」

「俺、ふられたよね？　なんでいま、こうなってっか、わかんない」

目がまわりそうになり、どうにか宮本の腕を視界に入れないようにとうつむいたけれど、今度はしゃがみこんだ直海の背後の男の、曲げた膝や逞《たくま》しい腿が見えてしまう。うっかりするとその奥の部分まで見えそうになり、直海は縮こまって目をつぶった。

「おまえ、さっきの聞いてなかったのか」

呆れたような声に、なにをと返す声は小さく震えた。

「おっさんをその気にさせた責任、取れ、っつっただろうが」

「え、うあ……っ」

顎を摑まれ、強引にうえを向かされる。首がごきっと鳴った気がして、痛いと言うより早くまたキスされた。至近距離にある顔は、鬚を剃ったせいか、それともべつの要因からなのか、妙に若返って——直視に耐えないほど、あまく色気に満ちている。

「煩悩捨てにいったさきで、おまえのことばっか考える羽目になった。ピグミージェルボアのおかげでな」

「宮本さ……っ」

「なんかまあ、あれこれ話したいこともあるし、言い訳もしてえけど」

熱い身体が、密着する。だぶついた服の裾《すそ》から手のひらが入りこみ、まさぐるように触れてくる。完全にセックスのための触れかたで、肌の質感や肉のやわらかさをたしかめるそれに、直海も理性が吹っ飛んだ。

「すまん、とりあえずやらしてくれ。じゃないとまともに喋れる状態じゃない」

指の腹ですりすりと乳首をこすられ、あっという間に硬くなる。きつく抱きしめられ、尻のあたりになにか、あたっている。直海ももう、言葉などなにも思いつかない。

「あ、あ、あ……っ」

周囲の肉ごとつまみあげ、ぎゅっと押されて声が出た。逃げようとよじった身体はバランスを崩し、そのまま畳に倒れこむ。

宮本が、たたんだままほったらかしになっていた布団を乱暴に引っぱり、直海の身体をそこに引きずりあげた。焦ってでもいるかのように性急な動きの合間、崩れたバスタオルのあわせから覗いたものに息を呑む。

「や、なんで、勃って……っ」

「いちいち言わすか。わかるだろうが」

こんな宮本は知らない。少し苛立ったように眉をひそめて直海のスウェットをめくりあげ、したは下着ごと引きずりおろそうとする。尻のなかばまでずりさげたところで、面倒になったのか気が逸《はや》るのか、よくわからないけれど手を突っこまれて思いきり揉まれた。

「や、だあ、ちょ……待って、まじ、待って」

長すぎるインターバルが開けたと思えばこの急展開で、直海は本当にわけがわからないと泣き言を言った。けれど宮本は委細かまわず、じたばたする足から絡んだ衣服を引っこ抜く。

（なにこれ、もう、わけわかんない……！）

パキスタンの山奥に置いてきたのは煩悩ではなく理性だったんじゃないだろうか。山暮らしで心を洗ってきたというより、なにか野生に還《かえ》ってしまっている気がする。

「つ、ついてけない、待ってほんとに……っ」

「いやだ」

「いやだって、こっちがいや……あ、うそ、あう、ん！」

まどろっこしいと鼻を鳴らして押し倒され、唇をふさがれると同時に脚の間を握られた。強引なくせに、いつかのように脅すためでなく、やんわり揉むようにされ舌を吸われて、直海は呻いて身をよじるしかできない。

（やだ、こすって、そんな、そんなにしたら）

肩で直海を押さえつけ、空いた手は胸を這う。薄い、ほとんどない脂肪を集めるみたいに寄せて乳首を手のひらで押しつぶし、あげくには自分のそれを腿に押しつけて腰を揺する。

あまりのことに茹《ゆ》であがり、直海は首を振ってキスから逃げた。

「こら、逃げんな」

「ひあ、あ、や、やだっ、やらし……っ」

「当然。ついでに言えば俺のセックスはねちっこくて長いからな」

「ひ、やだーっ！」

とんでもないことを堂々宣言され、耳をふさいだ。けれど腕を摑まれ、両手の指を全部絡められて布団に押しつけられ、言葉のとおりねちっこいキスをされてしまうと、もうだめだ。

「……直海。怖くないから」

嘘だ、もう怖い。かぶりを振って目で訴えても、頬に、鼻先に、額にとキスを落とされなだめられて——いつものように頭をそっと撫でられたら、結局くたりと力が抜けた。

「痛くないようにするし、平気だから、おとなしくしてろ」

「俺、い、いれられたこと、ない……」

「心配すんな、処女でもいかせる自信はある」

三ヶ月の不在でなにかを吹っ切って来たらしい男は、そういってまた唇をふさぐ。

まるっきり枯れきったような顔をしていたくせに、直海に興味などない顔をしていたくせに、ずっと自分から線をひいていたくせに。

そのラインをめちゃくちゃに壊して、どころか直海の奥底の、いちばんもろいところまで舐めつくし、すすろうとするかのようなキスが怖い。

「ん、んっ、んっ！」

開かされた唇のなかで、舌を抜き差しされる。違うところになにかを入れるときのような、卑猥すぎる動き。もうこれだけで犯されてしまったようで、ショックと高揚が直海の目を潤ませる。

「脚、開いてじっとしてろ」

新品のジェルとコンドームが出てきたときには「なんで、そんなもん、持ってんの」と睨みつけたけれど、すっかり開き直っている宮本は「まあ、念のため？」と悪びれなかった。

開けたひとつを指にはめ、尻の奥を触られたときには、なんだか直海も開き直った。

ああやっぱり入れる気なんだと、さきほどちらりと見えてしまった問題のそれを思いだして、直海は怪我《けが》だけはしないようにと祈った。

だが、いざはじまってしまえば、そんな心配はまったく杞憂《きゆう》で、違う意味でさんざん、泣かされた。

「ひ、ひっ……も、や、あっ」

一応、男ははじめてではない。けれどいままでの経験や記憶など、まったくなんの役にも立たないことを、直海はそうそうに思い知った。

指でジェルを塗りたくられ、ぐちゃぐちゃにされて、身体の奥がとろけるという体験を、はじめてした。

「……っ」

「いいだろ、ほら」

あえぎすぎて、声がもう嗄《か》れている。問われるそれにがくがくと身体を震わせ、のけぞった胸をべろりと舐められた。そのままぬるりと滑った舌は、へそをくすぐって腰骨をたどり、薄い下生えを絡めて遊ぶ。

そこの真ん中で震えるものは、さきほどさんざん舐めつくされた。指を入れられただけで痛いと泣いたら、よくしてやるから我慢しろ、とばっくりくわえられたのだ。

「もう、言わねえの？　さっきの」

「い、いや、いや」

「もうすっちゃだめ、って。あれいいな。もっぺん言ってみ」

射精させられる瞬間、朦朧《もうろう》として口走った言葉など、覚えていたくない。いやらしすぎる宮本も、自分も、経験の浅い直海には耐えがたく、指が動くたびにぬちゃぬちゃ音がするのも死にたいほど恥ずかしい。

おまけにセックスのときの宮本は、完全にサドっぽかった。たしかに痛いことはしないけれど、ふだんのあまさは、このときの代償なんだろうかとさえ思えるほど、容赦がなくて、いやらしい。

「信じ、らんねえ……。あんた、男に興味ないっつったじゃんかよ！」

なんでこんなに慣れているんだ。もう逃げ場がなくて、くしゃくしゃに顔を歪めてうめくと、泣きそうになった目尻を撫でられる。

「欲求不満の人妻の火遊びは、半端じゃねえからな。旦那とできないこと、たいがいやりつくした」

「やり、つくしたって、なに……」

「……どっから知りたい？」

全部教えてやってもいいがと、卑猥に笑って、またあの場所を見る。どうかわいがってやろうかと舐めるような視線。こんなときにも、やっぱり眉間の皺が取れないままだから、妙に苦み走った色気が滲んだ。

(詐欺だ)

やる気がなくて勝手でのほほんな宮本は、きっとセックスも淡泊だと思っていた。というより話はそれ以前で、もう諦めろと穏やかに距離を置かれ、線を引かれ続けていたせいで、ぼんやりと想像することさえ、本当はできていないままだった。

抱いてくれとせがんで、キスだけもらったあの夜に、片鱗《へんりん》だけは知ったけれども、いざ本気で挑まれてしまえば宮本のセックスは眩暈がするほど濃厚で成熟しきっていて、直海はもう泣くしかできない。

「もう、いい、もういい、あんま、ディープなこと知りたくないっ」

「ふざけんな。愛欲で人生踏み外した男のセックス、舐めてんじゃねえよ?」

序の口だろうと獰猛《どうもう》に笑まれて、悲鳴はキスに呑みこまれた。そしてさっきよりももっとすごいポーズで脚を開かされ、ストレッチをやっていなければ絶対股関節がはずれたと思う。

「入れるから、な」

「やだぁ……」

「やだやだ言うなよ。……却って燃える」

言いざま、ものすごいなにかが身体をふたつに裂くようにして入りこんでくる。思わず硬直して耐えようとすると、するりと脇腹をくすぐるように撫でられた。

「ふあっ」

「硬くなるな、よけい痛いから。大丈夫、ちゃんと……入るように、して、る」

ほら、と腰を送られて、ずるっと奥にもぐりこむ、脈を打つ、それ。

「あ、あぐ、う、ああっ」

ちっともかわいくない、喉の奥にこもった獣じみた声が出た。女しか知らない宮本は、この低い響きをどう受けとめるのかと少し怖くなって、唇を噛もうとしたら指を食わされた。

「んぐ……っ」

「いいから、声出しとけ」

「れも、こえ、へん」

でも、声、変。前歯に挟まったままの太い指が舌足らずにさせた怯《おび》えを孕む言葉を、宮本は笑って受けとめ、引き抜いた指を舐めた。

「変じゃねえよ、いい声してる。それにもう、さっきからさんざん聞いてる」

「や、うそ、う……うぁ、あっ、まっ、あー……」

腰を揺り動かされ、待ってとすら言えない。こんなことされるのははじめてなのに、どうして乱れてしまうのか、少しもわからない。腰が勝手に動かないようにこらえていると、力むなというようにひと突きされて、あふっと小さなあえぎが漏れる。

「な、なんか、なん、かぁ」

「なんだ？」

先端が『そこ』にあたるように腰をぐっと突きあげ、押しつけたあとに引く。性感を狙《ねら》いすましたような送りこむ動きの卑猥さに、直海は悲鳴をあげた。

「なんで、すご、じょーず……」

直海はたしかに挿入される側は未経験だ。けれどそんな直海にすら、とんでもなく宮本がうまいことは理解できた。

「そりゃ、どうも。んじゃ……これは？」

「な、うあ、そこや、や、や！」

ちっとも痛くないし、気が遠くなりそうに感じる。女性とは違うはずなのに、入れる角度や力の具合も全部心得ている。

ぐらぐらになりながら揺さぶられていると、ふっと息をついた宮本が直海の腰を両手で抱えて、まじまじと結合部を眺める。

「膣《ちつ》がねえぶん、女よか前ツキだから、正面向きも入れやすいってのはほんとだな」

「え、なに……ち……？」

快楽に惚《ほう》けた頭ではしばらく意味がわからなかった。「ほら」と試すように抱きしめられ、ややあってものすごいろこつな単語と専門用語を使われたのだと気づき、顔から火が噴いた。

「な、なに言って……なに、見てんだよ……っ!?」

「なにって、そりゃ、おまえの――だろ」

真っ赤になって暴れると、くくっと喉を鳴らした宮本が耳元に言葉を吹きこんでくる。ひそめた声で、ぼそぼそと告げられたそれは、もはや直海の脳の情報処理能力を超える卑猥さで、この男は星川に匹敵するエロだったのかと呆然とした。

「な……へっ、ヘンタイ！」

「おまえもきらいじゃなさそうだけどなあ？」

悪態をついたところで、意識が遠くなりそうなほど品のない言葉に嫌悪するどころか、直海もしっかり興奮したことを知って打ちのめされた。おまけに、彼を呑みこんだ場所とその手前の屹立《きつりつ》が震えたことでばれている。

「あっ、あっ、あっ、やだっ」

「いいから、もう、感じてろ」

快楽に逆らわず、逃げずにそのまま巻きこまれて溺《おぼ》れろ。そう言わんばかりに腰を突きあげられて、あられもない声をあげて身をよじる。

腹の奥に詰めこまれた大きなものが、ずるりとこすれるたびに火花を起こす。ぱちぱちと弾《はじ》けて、怖い、いやだと繰り返し、こぼれた涙を舐められた。

舌の端がねとりと睫毛をくすぐり、眼球さえ舐められそうで怖いのに、それにもぞくぞくした。腰が浮きあがり、いつの間にか宮本の動きにあわせて揺れているのに気づいても、もう止められない。

ぬるぬるの性器を忙《せわ》しなく扱《しご》かれ続け、奥の奥まであばかれる。

「も、だ、め、あ、だ、めっ」

激しく抜き差しするそれに翻弄《ほんろう》されるまま、最後のラインを越えてしまう。

ずっとずっと突き放すように引かれていたラインが、マーブルに溶けて、壊れる。

「このまま、いけよ、直海。ほら、んん？」

「いや、だ、あ、あ、だめだめ、いく！　い……っ」

唆《そそのか》され、叫んだ瞬間、直海のそれから精液が溢れ出た。反射で思いきり締めつけてしまい、短く呻いた宮本が、骨が軋むほどに抱きしめてくる。

「もうちょい、我慢、な」

「も、や……もう動くのやだ、きつい、ああ、あ……っ」

「ごめんな、あと、ちょい……」

いくから、と耳に吹きこまれたそれが、うわずって熱っぽかった。そして言葉どおりにすぐ、宮本の大きな身体が震える。

「ひ、ああ、あ……っ」

びく、びく、と不規則に震えるそれがあまりに卑猥で、小さく叫んだ直海は不規則に腰を振る。こんないやらしい動きはしたくないのに、身体が勝手に宮本に応じた。

（なに、いまの……）

ああ、いくんだと思った瞬間、直海もシンクロしたかのように、感覚だけで絶頂を味わっていた。射精しきったはずのそれから、ほんの少しだけ体液が溢れ、なのに快楽は長く、執拗なくらいに尾を引いた。

「はーっ……」

ぶるりとかぶりを振った宮本が、長く息を吐き出す。直海は小刻みに荒れた息を整えるのが精一杯で、呆然と目を見開いていた。

（なんか、すご、かった……）

まだ身体が浮遊感に包まれたままの状態で、うまく指も動かせない。じっとしていると汗まみれの頬を手のひらに撫でられ、ゆったりと唇を吸われた。

「よかったろ、直海」

「よく、な……っ」

これ以上なにを言わせる気だと涙目で睨むと、鼻先を嚙んだ男が低い声で囁《ささや》く。

「いいって、言えよ。……とりあえずこんくらいしか、自信ねえよ、いまは」

「え……？」

「帰ってきて、おまえがいて、……嬉しかったよ。待たれて、泣かれて、もうどうすりゃいいか、わかんねえわ」

わかりにくい言葉で、降参だと告げる宮本の背中に縋《すが》りつき、直海は必死に力をこめる。

「待たせなきゃ、いいし。泣かせなきゃ、いい、んだよ」

「……それは自信ねえなあ」

ばか正直に苦笑する宮本の背中をべちりと叩いて、さきほど殴りつけた頬に、キスをした。

「俺、しつっこいからな。絶対に逃がさないからな？」

本気だからと告げて宮本を見つめると、いつものあの、少し困ったようなあいまいな笑みを見せる。けれど目の奥にゆらりと揺れるそれは、彼のなかに直海が灯《とも》した恋の熾火《おきび》なのかもしれない。

「ずっと……あんたが俺のこと信じるまで、好きで、いるから」

たぶんまた、逃げたくなるだろう男には、これを言うだけ無駄かもしれない。

それでも、過去に起きた出来事に深く傷ついた男は、直海だけに言ってくれたのだ。

——ただいま。

あのひとことがたぶん、宮本の精一杯なのだとわかっているから、直海は待ち続けようと思う。

「俺はずっと、いるよ」

たとえいまは信じてもらえなくても、信じたいと宮本が揺れてくれれば、もうそれでいい。

唇を重ねて、今度はもう逃げなかった。首筋に噛みつくようにされて、もう一度と求められるそれに、いやだも、だめも言わなかった。

溶けきった身体の奥、壊れたボーダーをもっと混ぜあわせて、戻れないほどぐちゃぐちゃにしてくれと、誘った。

＊　　＊　　＊

ふっと目が覚めると、見慣れない白い天井が見えた。

「どこだ、ここ……」

直海は起きあがろうとして、妙に重たい下半身に違和を感じる。ふと視線をめぐらせると、そこには日焼けした重石が、腕を枕に突っ伏していた。

軽く周囲を見まわすと、どうやら病院の個室らしいことが把握できた。

「あ？　あー、そっか、事故った……」

口にしたあと、これで今度の公演は完全に降板だと少し落ちこむ。そして、足下に突っ伏したままぐっすり眠っている男の頭を、軽く小突いた。

「……のやろ。結局、あんたのせいだ」

十年も前の夢を見た。出会ったばかりのころから、とりあえずいまの関係ができあがるまでをひといきに、駆け抜けたそれは、奇妙ななつかしさを直海のなかに残している。

結局、直海は無事役者になった。例のトライアルプレイで好評を博したことで弾みをつけ、いまではラジオゾンデの看板も張れるようになり、近年ではテレビや映画などの仕事も徐々に増えてきている。比良方はよき喧嘩仲間で競演女優として健在だ。

高瀬は残念ながら芝居を辞めた。おとなしくやさしすぎる性格上、芝居の世界はいろいろつらかったらしいが、いまは吾妻のマネージャーとして働いている。星川は数年前、ハリウッドデビューを目指すと言ってアメリカに渡ったが、いまだ朗報はない。

律はあのあと中垣とつきあうようになり、幸いなことに呆れるほど仲のいいカップルとして、いまは同棲している。寺脇は相変わらず、どうぶつのお医者さんだ。

そして——宮本は韋駄天を営む傍《かたわ》ら、副業を持った。

あまりにあちこちふらふらするもので、いっそ文章が書けるなら、旅行記でも書いたらどうかと言ってみたら、意外や商業出版されるまでにいたってしまった。

カメラマンでもなく、ライターでもなく、きままな世界紀行を綴る男のフォトエッセイは、硬質な文章のわりに柔軟な視点と、対象物に愛情を注いでいるとわかるあたたかな写真で、ぼちぼちの売り上げをみせているらしい。

「好きこそものの上手なれ、かなあ」

才能とは夢を見る力だ、と言った先人もいたけれど、本当に、才能とはいったいなんだろうかと、あのころの直海は思っていた。

いまとなっては、器用さより、表現力より、しがみ続ける見苦しさそのものではないのかとすら思う。

相変わらずのくせの強い髪を撫でると、旅行前よりも荒れた手触りだった。眠りが深いのは昔から変わらず、少しくらいいたずらをしても起きはしない。

十年、なにごともなくすごしてきたわけではなかった。

喧嘩もしたし、いろいろな食い違いのせいで、一度別れた。それでもお互いを嫌ってというより、相手によかれと思ったあげくの思いつめた別れは、結局直海のほうが宮本不足で胃を悪くして倒れたことで、元の鞘《さや》に収まった。

その別れ話のあと、直海も宮本との同居を考えたが、さすがに芸能人と呼ばれる立場上むずかしく、韋駄天の近場にマンションを借りるに留《とど》めた。

ふらふらする宮本を近場で見張っていなければどうしても不安で、またどんどん変化していく自分の状況にも確かに惑ってはいるため、せめて時間の都合だけがつくようにはしたかったのだ。

——有名になって、俺を捨てるときは早めに言えよ。

覚悟をする時間をよこせと笑うばかりの宮本は、直海がその後すごすであろう、めまぐるしい日々と変化を予想していたのかもしれない。

「けど、ざまあみろ。十年食いついてやった」

にやりと微笑んで頭を小突くと、なぜかその指が握りしめられる。

「なにが、ざまあみろだ」

「あれ、起きてた？」

呻くような声で告げられ、しまったと笑うけれど、宮本はなぜか顔をあげない。

「どしたの、ハジメ」

十年で変わったもののひとつ、呼び名を口にするけれど、宮本はやはり無言でかぶりを振る。寝ぼけているのだろうかと首をかしげた直海の耳に、ぐすりと洟をすする音が聞こえた。

「……え、まさかだよね」

顔をあげないのは、もしや泣いているせいなのか。笑おうとして笑えないまま直海が硬直していると、宮本がやけのように怒鳴った。

「なにが、まさかだ……血、流して、倒れて、俺が死ぬかと思った！」

「ハジ……」

「骨まで折って、俺なんかほっときゃいいだろうが、ばかが……！」

ものすごくうろたえている宮本を前にして、直海は呆然としてしまった。

思えば出会いの大怪我と、別れ話の際の胃炎以外、芝居のための体調管理を怠らないため、直海は基本的にけっこう丈夫で元気でいた。風邪もめったに引かないほどで、弱った姿など宮本にはろくに見せたことがない。

「……ハジメ、心配した？」

「訊くな。んなあたりまえのことを」

ぎゅう、と指を握られる。力の強さと指の震えに、直海もじんわりと涙ぐんだ。

「ごめんね？　びっくりした？」

また、ずびっと鼻が鳴った。病院の布団ががびがびになっちゃうなあ、と直海も小さく洟をすする。

「おまえ、主役だったのに。あんなに稽古してたのに……」

「ごめん、はいらないよ。残念だけど、しかたない」

「なにがだ！　俺が足引っ張ってどうするってっ……！」

がばっと顔をあげた宮本の顔は、想像していたより情けなかった。年中海外を飛びまわるせいで、昔よりずっと日に焼けた肌に、涙のあとが白い。

惚れ倒した男に泣かれて、胸が痛いけれど少しだけ嬉しい。相変わらず自分の愛情は少しばかりエゴが強いと、直海は苦笑した。

「ハジメちゃーん。泣かなくていいから。顔拭こう、ほら」

手を伸ばし、サイドテーブルに置いてあったタオルを手にとって、おいでおいでと直海は手招きした。

「直海っ……」

「じっとしてろよ」

顔を拭いてやりながら、乾いた涙のあとが取れないからと直海は頬を舐めてやる。そのあともう一度拭き取って、仕上げに唇をそっと吸った。

「ん、男前」

にこりと笑うと、今度は背骨を折る気かという強さで抱きしめられ、しょうがないなと背中を叩いた。

「……あのな。芝居もあんたもおんなじくらい大事で、どっちも比べらんないって、言ったでしょう」

一度きり、思い出すだけで胸がよじれる別れ話の顚末《てんまつ》を蒸し返すと、広い背中がぴくりと震える。抱く腕が強くなって、直海は広い胸に頬を預けた。

「芝居はまたチャンスがあれば、できるよ。けどハジメが怪我するのは、俺がいや」

「直海……」

「ついでに言えば、山だの海だの飛びまわって、毎回あぶないの、あんたのほうだから。少しは俺の気持ちも知って反省しなさい」

「……ごめん」

声を荒げずに相手をたしなめる方法も、やさしくしてやるやりかたも、少しずつ覚えていまがある。小さく謝る男も、だいぶ素直になったのだろう。

このさきになんの保証もない。宮本はまたふらっと消えるかも知れないし、直海も夢半ばで挫《くじ》けてしまうかもしれない。

そうでなくとも、恋愛がどこまで続くのかなど、誰にもわかりはしない。

しかしあきらめの悪い青年は、なにごとも半端は嫌いだし、一度こうと決めれば絶対に貫く意志の強さだけはあるのだ。

「拾ったのはあんただから、責任取って面倒みるのが筋だろう?」

だから直海は偉そうにふんぞり返り、そううそぶいて、近ごろでは見つめると少し照れるようになった男を、視線でもって搦《から》め捕る。

もう一度重ねようとした唇が触れあう寸前、ノックの音がした。

「湯田さーん。起きてます? あの、井原《いはら》ですけど……」

残念、と笑った隙に一瞬だけ恋人の唇を盗み、直海はほがらかに声を張る。

「いいよ、入って」

窓際に立ってそっぽを向く男の耳が赤い。案外照れ屋で、嘘がつけない性格は、むしろ年々あらわになっているのだろう。

平然と笑う直海は、やはり芝居はこちらが上手なようだと、にっこりと微笑んだ。

大人同士

軽いノックのあと、「どうぞ」の声を受けて井原峻之《いはらたかゆき》が病室に顔を出すと、ラジオゾンデきっての人気役者が苦笑を浮かべてベッドに身を起こしていた。

「具合、どうですか」

「たいしたことない、と思うよ」

けろっと言ってのける湯田直海《ゆだなおみ》は、相変わらずの繊細な顔で微笑んでみせる。井原は呆れて顔をしかめたが、事故後は丸一日意識がなく、その後も起きたり眠ったりだったわりには元気な様子にほっとする。

「たいしたことないわけ、ないじゃないですか。足の骨、ばきっと折って、鎖骨ひび入ってるんですよ。だいたい頭も縫ったっつうのに、寝てなくていいんですか」

見舞いの花と一緒に直海の好きなケーキを差し出すと、受けとったのはベッドの主ではなく隣にいた目の赤い男だ。

「中身無事なんだからいいじゃんよ。……おっ、アンテノールじゃん」

にこにこと笑い、コルネを手づかみで取った直海は、怪我人とは思えない。井原は、直海が運びこまれて以来ものすごい取り乱しようだった男――宮本元《みやもとはじめ》に向かって「お疲れさまです」と頭をさげた。フリーのライター兼フォトグラファー兼居酒屋の店長は、まだ少し赤い鼻の頭をこすり、日に焼けた顔で笑ってみせる。

「井原くんも悪かったな。いろいろ面倒なことになってないか？」

「いや、俺はたいしたことないです。それ、宮本さんもよかったら食ってください」

ありがとう、と穏やかに笑った男は、花瓶を探してくると言って部屋を出た。病室のなかはすでに見舞いの花々で満杯で、もう入れ物がないらしい。

年齢を感じさせない引き締まった背中を見送ったあと、井原は直海を見て肩をすくめた。

「……あんま、宮本さん泣かせないほうがいいんじゃないすか？」

「たまには心配したほうがいい薬」

小言に、直海はふふっと笑う。ひとが悪いなあ、と井原は苦笑した。

宮本が直海の、そういう意味でのパートナーであるのはラジオゾンデの団員なら周知の事実だ。直海自身隠す気はあまりないようで、暗黙の了解になっている。

事故を知って入院先にかけつけた井原は、直海の血に汚れた手を強く握りしめ、真っ青な宮本のあまりに悲愴な顔に、もしやの事態を覚悟したほどだった。手術と検査が終わり、結果は脳や内臓に異状もなく、切り傷と骨折のみではあったけれど、庇われた宮本にとっては生きた心地はしなかったのだろう。

「ハジメ、今回どんだけぶりに帰ってきたか知ってる？　三ヶ月だよ、三ヶ月。コスタリカに行くっつったっきり音信不通でさ」

音信不通、の言葉に苦いものを覚えて、井原は押し黙る。直海が自分に対してあてこすったのを瞬時に理解したからだ。

「いない間に、なにが起きてるのか。無事なのか、怪我してないか、病気じゃないか。誰か、違う相手見つけたんじゃないか。……そばにいないってのはな、そういう疑心暗鬼とか不安とかと戦う重荷を相手に背負わせるわけ。わかる？」

言葉がぐさぐさと突き刺さり、思わず顔をしかめてしまった。

井原は自分が高校時代から想っていた親友について、誰かに打ち明けたことはない。直海に対しても、詳細に告げたことはないはずなのだが、酒の席で断片的に語った過去だけで、勘のいい男はおおよそのことを摑んでしまったらしい。

高校生のころ誰より欲し、壊すのがいやで逃げた相手と、井原は八年ぶりで再会した。もう忘れたつもりでうまく距離を取ろうとしては失敗し、傷つけて逃げて、泣かれて——ようやく昨日、それが許されたばかりだ。

「ご高説痛み入ります。重々、肝に銘じます」

「ふんぐ？　ふんほい？」

不明瞭な発音だが、意味はイントネーションでわかった。『そうか？　ほんとに？』——疑わしそうな目を向けられ、井原は肩を落とす。言葉の意味にも、直海の顔にもだ。

チョコレートクリームをたっぷりつめ、さくさくのパイ皮が円筒状になったコルネは直径三センチほどある。菓子を口に押しこむさまは、まるで齧歯《げっし》類の動物だ。

「頬袋つくって説教せんでくださいよ。まあ、今後は、気をつけます」

「っへふーは、ほまへおはぁひあんふぁ、ひへはいお」

にまあと笑って、『っていうか、おまえの話なんかしてないよ』。うんざりしたが、井原は横目に睨《にら》むほかできない。

ものの三口でコルネを食べきった直海は、横柄な態度で「お茶！」と告げる。ため息をついて、井原は急須に茶葉を入れた。

「そんな調子で、愛想つかされても知りませんよ」

反撃のつもりで言ってやると、なぜか返事はない。ちらりと視線をやったさきで、直海は窓の外を見ていた。

「湯田さん？」

「ずっと泣かされてたのはこっちだっつの。少しくらいやきもきすりゃあいいよ」

ため息まじりの声に本音が滲《にじ》む。ほっそりした身体がやけに儚《はかな》げに見えるのは、お仕着せの入院着のせいばかりではないだろう。

「……俺に怪我させて、責任感じて、離れられなくなりゃいいんだ」

井原が逃げ続けた時間よりも長く、ともにいたはずのふたりだ。けれどいまだ不安定ななにかがあるのだろうか。

（いや、そうじゃないか）

時を経てなお、執着するほどの想い。頼りないほど細い直海の身体にこもる、情念が透けて見えるような言葉に、井原はわざと雑《ま》ぜ返すことしかできなかった。

「相変わらず性格悪いっすね……」

「善良な性格でラジオゾンデの看板張れるかっつうの。ナイーブなとこなんか持ってたら、和田《わだ》さんに全部ネタにされっだろが」

たしかに、とうなずく。

ラジオゾンデも旗揚げからずいぶん経ち、新しい役者——たとえば客演から正式に入団した井原もそうだが——に過去の脚本を演じさせることは増えた。そうすると初演時にはあて書きされた役柄も、独立したキャラクターとして成り立っていく。だが新作となれば、相変わらずマンウォッチングが趣味の脚本家は、こちらの内心を丸裸にしたようなシナリオを書きあげ、大勢の前でストリップをしろと命じてくるのだ。

あれだけはいただけない、と井原が顔をしかめていると、直海がぽつりと言った。

「次、覚悟しといたほうがいいよ」

「は?」

「和田さん、千里眼だからな。俺今回の舞台、降板だし、おまえかなり注目浴びるよ」

自分が同じ舞台に立てば、観客の目をさらう自信があるけれど。さらりと傲慢なことを告げた直海は、微笑んでみせる。

「断言してもいいけど、次回作。おまえのなかにあるもの、根こそぎ見抜かれて、板のうえに出せって言われる。そんな顔してるなら、絶対に」

「そんな顔、って言われても……」

どんな顔だ、と井原は思わず自分の頬をさすった。ふふっと笑った直海に問いかけようとしたとき、花瓶を抱えた宮本が戻ってくる。

「ナースセンターで花瓶借りてきた。つうかもう花が入りきれんな、この部屋」

その瞬間、ふわりと直海の顔に拡がったものに、井原は目を瞠《みは》った。

「店に持って帰れば？」

「似合いもしねえもん、持って帰ってどうするんだ」

口調はそっけなく、内容はいたってふつうの会話なのに、声が、表情がとてつもなくあまくなる。毎度のことながら、直海は宮本しか見えていない。この調子で隠す気もないから、劇団の連中にもすぐばれたのだが、ある意味確信犯なのだろうかと井原は思っている。

「……んじゃ、俺はそろそろ」

「あ、悪いな。劇団の皆さんにもよろしく言って。俺のせいだし、今度飲みに来てくれたらおごるからって」

「んなこと言ったら、店中の酒飲みつくされますよ」

苦笑で返し、病室をあとにする。ちらりと振り返ったさきでは、かいがいしく世話をする宮本と、見たこともないほど嬉しそうな直海の姿があった。

やわらかくほころんだ笑みは、宮本がいない限り、あの怜悧な顔に浮かぶことはない。

（なんだかんだ、お幸せそうだ）

扉を閉め、ふと、自分の頬にもう一度触れてみる。そこが、指に覚えた感触よりずいぶんやわらかいことに気づいて、直海の言わんとしたことを理解した。

足早に病院を出て、携帯電話を取り出す。短縮のいちばんに設定している恋人のナンバーを呼び出そうとして、まだ彼は仕事中だと思いだした。

役者兼フリーター、つまり自由業の井原と会社員の彼――坂上真弓《さかがみまゆみ》では、逢瀬の時間もままならない。今日は平日だし、坂上に遠慮して誘いを控えるべきだとも思う。

会えば抱きたくなるし、朝も早い真弓に負担をかけたくないからだ。つい数日前に気持ちを通じあわせた日も、無茶をして、翌朝腰が立たないほど痛めさせてしまったばかりだ。

けれどいま、なんだか無性に会いたくなった。

直海にからかわれても、和田に見透かされてもかまわないから、長いこと強ばりのあった頬をやわらげた相手を抱きしめたいと思った。

――そばにいないってのはな、そういう疑心暗鬼とか不安とかと戦う重荷を相手に背負わせるわけ。わかる？

いやというほどわかっている。八年も放り出しておいて、再会してからこっちまったくこらえ性がないのは井原のほうだ。

誠実できまじめな坂上は、多少の不安があっても全幅の信頼でもって井原を想ってくれている。むろん裏切る気はないし、いまさら手放す気もないけれど、繊細なくせにいまひとつ鈍い彼に心配は募る。

直海のように、したたかに激しく、離すものかとしがみつくほどの気概は、坂上にはたぶんない。穏やかでゆるやかな人生を歩むことのほうが、ずっと似合っていると知っている。

それでも、面倒の多い井原を想うことを、あきらめないでいてほしい。勝手に手放して、強引に手に入れたような男でも、許してあまやかしてくれと願う。

【今日、そっちの部屋に行ってもいい？】

メールを送ったあと、ややあって一文を二通目として送信した。

【なんにもしないから】

ほどなく届いた返信を見て、井原は苦笑した。一通目は、【八時には戻るから、駅で待ってて】。そしてすぐさま届いた二通目は、【ば】の一文字だけだった。

「……これって、ばか、って言うはずだったんだろうなあ」

たぶん今夜会うなり、照れた坂上はこんこんと小言を言うだろう。

うるさい口はふさいでしまえばいいと悪びれず思い、井原は軽い足取りで歩き出した。

あとがき

この「大人は愛を語れない」は、もともとのネタを考えたのが十年以上前となります。まだデビュー前で、趣味で小説を書いていたときのことです。そして宮本元というキャラクターは、じつは私がオリジナルキャラクターとして最初に作った人物でした。

その後、思い入れはあるものの、どうにも宮本というキャラが御しきれず、韋駄天という店を舞台にした話や、他の作品の端っこに韋駄天や宮本を登場させたことはあるものの、鬚面の店長を主軸にした物語を書きあげることができずにいました。そして、直海を主役にした視点の、この話のベースプロットを切ったのが五年前。それからさらに数年経ち、ようやっと実作にこぎつけた現在、すでに話を考えついたころとの感覚の乖離《かいり》も甚《はなは》だしいこの話は、デビュー以来もっとも難航した作品のひとつにあげられると思います。

最近、昔の話をあらためて完成させるということが続いておりますが、いろいろ自分のなかに起きた変化やなにかが不思議に新鮮です。

考えついた当時、まだ二十代だった私は、宮本のような三十代後半のくたびれたオヤジに、なんとなく夢を見て憧れていたものです。結果、発表するころには、そのオヤジの年齢におのれがすっかり当てはまる状態となっており、夢と現実のギャップをしみじみと（笑）味わったわけですが。

それでも、やはりあの当時に書いてしまっていたら、もっと宮本は上っ面だけのキャラクターになってしまっていたんじゃないかと思いますし、書こうとしていたなにかが、やはり当時では手に負えないものだと感じていたから、形にできなかったのだろうとも思います。

直海は、自作のなかでもかなりストレートにポジティブで、夢みる野心家の、ぎらぎらした青年です。攻撃的なまでに前を見ているこのタイプを、若さゆえの傲慢を抱えたまま書き切るにはけっこう体力がいったわけですが、そのぶん宮本が疲れ果てている感じになって、プラマイゼロかしら、などと思っています。

ネタとして芝居を選んでおりますが、なぜか昔から演劇をやっている友人が多く、見聞きした話をベースにした部分はたくさんあります。十年以上前には下北沢の小汚いコヤの芝居をつきあいで観にいったり、フライヤーのデザインを頼まれたり、演出に使う音楽の相談をされたりしたこともありました。とはいえ、近年は東京から離れたこともあり、すっかり出不精となり果てて、年にいくつかの舞台を見に行く程度になってしまったのですが。

現在の小劇場系界隈はもっとずっとシステマティックで、音楽で言うところのインディーズな流通ルートが確立しているようですが、主軸になっている過去のパートは、私の記憶に残っている十年以上前の時代の、なんとなく雑多でごちゃついた雰囲気がモデルです。

細かい部分については、いまだ現役で劇団を手伝っている友人にも諸々相談したのですが、「あのころはこうだったねえ」と話がすぐ脇道に逸れて、楽しいけれども駄話が増えて困りました（笑）。男もドン引きのシモネタ大王の役者さんも実在の人物がモデルです。まあ、設定や台詞ほかはむろん創作なのですが……役者さんたちの個性はほんとにすごいです。

あと、作中直海が『真夏の夜の夢』を演じる場面がありますが、あれはちょっと実際と違うことを書いています。本来ワークショップはまったく同じ台本、同じ台詞で、声のトーンだったり動きやニュアンスの『表現』を変える手法なのですが、文字要素しかない小説にすると非常にわかりにくく、また今作の意図としては少しむずかしかったので、あえて『台詞』を変更するという書き方にしています。演出上の嘘なので、ご了承ください。

冒頭とエンディングでの現在の時間軸は、既刊『絵になる大人になれなくても』の作中とリンクしています。あちらでちらっとだけ出ていた湯田直海がなぜ怪我をしたのか、というあたりは、今作を読んでいただければわかるかと思います。書き下ろしは、その既刊主役であった井原も登場させてみました。

試行錯誤の末の本作、取材協力の冬乃さん、チェック協力Rさん、本当にありがとう。

挿画のヤマダサクラコ先生、ご多忙のなか大変ご迷惑とお手数をおかけしました。また担当さんも、ギリギリまで調整いただき、申し訳なく思いつつありがたかったです。

古くから読んでくださっている読者さんで、宮本と直海の話を待っていたと言ってくださった方、こんな彼らでした。ご期待に添えればいいのですが。そしてはじめてこのふたりに触れた皆様にも、読んでくださって本当に、ありがとうございました。